"

나의 서릉하는 친구들에게

너희들 덕분에 써낼 수 있었어.

고마워.

"

스토리
인
시리즈

자신만의 가치, 행복, 여행, 일과 삶 등 소소한 일상에서 열정적인 당신
하루하루의 글쓰기, 마음에 저장해둔 당신의 스토리와 함께합니다.
당신만의 이야기를 마음껏 펼칠 수 있도록 돕는 프로젝트, '스토리인 시리즈'

멍게가 될 뻔했다

우울에서 빠져나온 8개월간의 기록

초판 1쇄 발행 2022년 8월 10일

지은이. 파호랑, 호모 그로스쿠스
펴낸이. 김태영

씽크스마트 미디어 그룹
서울특별시 마포구 토정로 222
한국출판콘텐츠센터 401호
전화. 02-323-5609

블로그. blog.naver.com/ts0651
페이스북. @official.thinksmart
인스타그램. @thinksmart.official
이메일. thinksmart@kakao.com

ISBN 978-89-6529-321-7 (03810)
© 2022 파호랑, 호모 그로스쿠스

• 씽크스마트 - 더 큰 세상으로 통하는 길

'더 큰 생각으로 통하는 길' 위에서 삶의 지혜를 모아 '인문교양, 자기계발, 자녀교육, 어린이 교양·학습, 정치사회, 취미생활' 등 다양한 분야의 도서를 출간합니다. 바람직한 교육관을 세우고 나다움의 힘을 기르며, 세상에서 소외된 부분을 바라봅니다. 첫원고부터 책의 완성까지 늘 시대를 읽는 기회로 책을 만들어, 넓고 깊은 생각으로 세상을 살아 갈 수 있는 힘을 드리고자 합니다.

• 도서출판 사이다 - 사람과 사람을 이어주는 다리

사이다는 '사람과 사람을 이어주는 다리'의 줄임말로, 서로가 서로의 삶을 채워주고, 세워주는 세상을 만드는데 기여하고자 하는 씽크스마트의 임프린트입니다.

멍게가 될 뻔했다

추천의 글

유난히 기억에 남는 환자

진료하면서 유난히 기억에 남는 환자분들이 있다. 자신의 증세를 이야기 할 때 최대한 다양하게 표현하시는 분들은 언제나 기억에 남는데, 그 중에서도 그림까지 동원해서 스스로의 몸의 문제에 대한 설명을 해내시는 분들은 흔치 않다. HG가 바로 그런 환자였다.

장기간에 걸친 치료 끝에 대부분의 증세가 소실되었다. 이후로는 무소식이 희소식이려니 하며 살았다. 그런데 뜻밖에도 출간 소식을 들고 왔다. 심지어 추천사를 부탁하면서.

책을 워낙 많이 읽는 사람이고, 깊이 있게 스스로의 내면 세계를 다듬어가며, 함부로 언어를 쓰지 않는다는 것을 몇년간의 소통을 통해서 파악한 바 있다. 그런 배경 지식을 가지고 이 책을 읽었다.

자신의 깊은 우울감을 극복해내는 과정 중에 우리가 만났다는 것은 이 책을 읽고서야 알게 되었다. 우울로 인해 스스로의 몸을 학대한 결과 생겨난 여러가지 증세들. 그걸 해결하기 위해 왔구나.

몸이 힘들다는 것은 알았어도 마음의 문제까지 그렇게 힘든 과정 속에 있었다는 것은 몰랐다. 한편으로는 이제야 알게 되어서 아쉽기도 하다. 내가 할 수 있는 한 최대한으로 더 도움이 되어줄걸.

호텔 서비스를 받는 것만 같은 글

증세들의 근본 원인을 찾아 해결하는 오랜 치료 과정에서 HG와 여러가지 이야기를 나누게 되었는데 그 과정에서 타인에 대한 배려가 워낙 돋보이는 사람이라는 것을 느꼈다. 체면치레로 하는 배려 따위가 아니라 정말 함부로 흉내낼 수 없는 진정성이 담겨 있는 배려였달까.

전문가에게 돈을 지불하고 의료서비스를 받으면서도 전문가의 시간을 그렇게나 존중하는 것도 결국 배려의 능력이다. 그 배려가 세상을 돌고 돌아 언젠가 자기 자신에게도 돌아온다는 것을 아는 자만이 할 수 있는 경지의 배려. 그의 배려가 있었기에 바쁜 시간을 쪼개어 추천사를 쓸 수 있었다. 사실 여태까지 요청받은 글은 정말 많은데 정작 요청을 받으면 글이 잘 나오지 않아 결국 요청에 의해 쓴 글이 거의 없다는 부끄러운 고백을 곁들인다.

또한 나는 뚜렷한 ADHD증후군으로 책이라는 매체를 끝까지 다 읽지 못하는 사람이다. 자극적인 컨텐츠가 넘쳐나는 시대를 살며, 그것도 일하고 육아하며 꾸역꾸역 바쁘게 살아가는 나에게 책을 끝까지 읽는다는 것은 거의 불가능에 가깝다. 추천사 부담을 안고 보기 시작했다가, 끝까지 재밌게, 아주 매끄럽게 읽게 만든 작가의 필력은 바로 이 배려에서 온다.

독자 입장에서 글의 요지를 한번에 파악하고 매우 매끄러운 흐름으로 읽을 수 있도록 배려했고, 쓸데없는 중언부언을 절제하고 핵심만을 말해 독자의 시간을 낭비하지 않게 하고자 하는 고집스런 배려가 느껴진다. 이렇게 읽는 것만으로도 배려 받는다는 느낌을 주는 글을 나는 참 좋아한다.

고통의 열매

HG는 자신이 가지고 있던 관계의 대부분을 이루고 있던 교회라는 세계에 대한 깊은 실망과 자신이 속해있던 공동체를 자발적으로 빠져나오며 우울감이 시작되었다고 한다. 그 와중에

너무나 고되게 일하며 몸과 마음의 여력이 모두 소진된 끝에 극심한 무기력과 우울이 심화되었다.

하지만 돌이켜보면 너무나 다행인 일이 아닌가.

우리 인간의 역사 속에서 어떤 종류의 문제는 꼭 완전히 실패한 뒤에서야 겨우 희망의 싹이 보이는 부분도 있기 마련이다. 완전히 단절해야만 비로소 올바른 관계가 정립이 되는 역설적인 관계도 있다. 완전히 바닥에 떨어지고 나서야 비로소 보이게 되는 사랑도 있는 것이다. 이걸 깨달은 사람은 더 단단한 희망을 가지고 더 건강한 관계를 만들 수 있다.

우리 몸을 바라보는 관점에 대해서도 마찬가지다. 인간의 정신력과 체력은 서로 연결되어 있으며 매우 유한한 자원임을 인식해야만 한다. 우리 몸은 마치 하나의 기계처럼 생각하는 것이 바람직하다. 온갖 소모품들로 구성되어 있지만 고도로 잘 설계된 자동차처럼, 각자가 타고난 바탕은 다르지만 비슷한 원리로 움직이고 언젠간 닳고 닳아 끝이 난다.

지속 가능한 삶을 살기 위해서는 우리 몸의 유한함을 알고 건강하게 작동할 수 있도록 관리하는 방식을 체화해야만 한다. HG는 이에 대해 정밀하게 성찰했고 결국 그것이 우울증을 극복한 열쇠가 되었다. 우울증 극복에는 수많은 방법이 있겠지만 그 중에서 탁월한 열쇠가 여기 이 책 안에 있다.

책임있는 사회구성원이 되는 길은 자기 몸의 건강한 루틴을 스스로 컨트롤 하는 것만큼 어려운 일이다. 서로 정도의 차이는 있을지언정 우리에겐 모두 멈춰서서 점검하는 시간이 필요하다.

결국 우리 몸과 우리를 둘러싼 사회에 대해서 건강하고 균형 있는 관점을 가지기 위해 반드시 필요한 작업을 저자는 극심한 고통 끝에 해낸 것이다. 고통 속에서 얻어낸 확신은 웬만해서는 흔들리지 않으므로, 고통이 고통으로만 끝나는 것이 아니라 값진 의미가 된다.

단단한 빛줄기가 되기를

만성적인 우울을 호소하며 우울을 땔감 삼아 자신의 예술적 감수성을 드러내는 유형이 있다. 그런 유형은 우울도 우울이지만 자의식 과잉도 우울 못지 않게 있는 경우가 많다.

하지만 이 책은 자신의 우울증 극복기를 통해 스스로를 빛내고자 하는 의도가 전혀 없다. 쓰는 과정에서 자신의 경험을 떠올리며 우울을 재체험하는 것이 너무나 고통스러웠음에도 고통을 견뎌내며 지독했던 우울을 생생하게 다시 써냈다.

이미 지나간 우울임에도 불구하고 자발적으로 다시 써 내려간 이유가 뚜렷하게 드러난다. 우울을 겪고 있는 사람들, 그 주변인들 모두에게 도움이 되어주기 위해서. 담백하게 쓴 글임에도 불구하고 따뜻한 의도가 선명하게 빛나는 책이다.

나는 이제 이 책을 우울증의 깊은 터널을 지나고 있는 환자분께, 혹은 우울로 인해 은둔의 삶을 살고 있는 가족이 있는 환자분들께 선물로 드릴 참이다.

우울증 상담치료할 때 마다 늘 했던 이야기들을 건네며.

우울의 터널을 지나고 있는 당신에게.

"어둠 속에 지독히 혼자인 당신. 하지만 당신은 혼자가 아니에요. 그리고 당신이 겪는 그 어둠은 출구가 없는 것이 아닙니다."

우울의 터널을 지나고 있는 가족을 둔 당신에게.

"어둠 속을 헤매는 것은 비정상이 아니에요. 다만 그 정도로 견뎌내기 힘든 고통이 먼저 있었어요. 그 고통을 스스로 소화해낼 시간이 필요할 뿐입니다. 그런 가족이 있다면 스스로 일어날 때까지 기다려주시고, 기대치를 세우고 실망하기보다는 어떤 순간에도 곁을 떠나지 마시고 사랑해주세요."

이 책을 읽는 당신에게.

"고통을 견디고 극복해내는 힘은 결국 사랑입니다. 그렇게 사랑과 신뢰로 어둠을 극복한 사람은 고통 속에 허우적거리는 누군가를 알아보고 자기도 모르게 도움을 줄 수 있는 빛이 됩니다. 일면 화려해 보이지만, 말 못할 어둠과 고통이 가득한 이 세상에서 지금 이 책을 읽는 당신 존재 자체가 단단한 빛줄기가 되기를."

극복의 길로 나아가는데 이 책이 좋은 가이드가 되어주기를 바란다.

사라한의원 원장, 김사라
유튜브 #한의사라

상담실에 오는 분들 중에 무기력하고, 뭘 해도 의욕이 나지 않는다고 호소하실 때가 있어요. 20대 초의 생기와 열정은 어디로 갔는지 모르겠고, 빈껍데기만 남은 것 같대요. 특히 사회 초년생일 때 영혼을 갈아 넣을 정도로 온몸 바쳐 일했지만 번아웃으로 응급실에 실려 가거나 공황 증상, 안면 마비 등으로 결국 몸이 두 손 두 발 다 들며 끝납니다.

일상의 모든 것을 멈추고, 쉬어보지만 몸은 어느 정도 회복이 되어도 예전의 활력을 찾기 어려워요. 까맣게 타버린 마음에 새살이 돋고, 내 삶의 궤도를 찾기까지 오랜 시간이 걸립니다. 깊은 심해에서 홀로 버텨낸 그 시간들을 작가님이 담담히 들려주시는 이야기 덕분에 선명하게 바라볼 수 있었어요. 그것이 얼마나 큰 고통이고 심각한 후유증을 남기게 되는지도 이해할 수 있었습니다.

왜 사람은 꼭 아파봐야 알까요? 겪어봐야 좋은 것이 아닐 뿐더러 겪지 않도록 예방할 수 있는 방법이 엄연히 존재해요. 응급 안전 교육이 있는 것처럼요. 하지만 어디에서도 번아웃을 조심하고 자신을 돌보고 챙겨야 한다는 것을 알려주지 않아요. 아프고 다치기 전에 미리 나를 살피고 돌봐야 한다고 알려주어야 해요. 그 일을 작가님이 해 주신 것 같아요.

요즘 대학교에서는 연애의 기술과 잘 헤어지는 방법도 교과로 알려준다고 해요. 처음에는 웃어 넘겼지만 아니네요. 가족,

연애, 친구, 직장 등 모든 관계에서 자신을 지키고 인생을 배워 갈 수 있도록 기초를 갖추는 것이 너무도 중요함을 깨달았습니다. 이 책에서 알려주는 잘 먹고, 잘 자고, 잘 싸는 법, 그리고 인간관계의 건강한 그물망으로 걸러낼 사람들은 거르고 보석 같은 사람들을 담고 가는 방법까지 당장 실천해 보고 싶은 호기심이 들게 알려주고 있어요.

꿈과 열정을 가지고 사회 첫발을 내딛는 분들에게, 어떤 상황에서도 자신에게 먼저 질문하며 중요한 것들을 체크하고 갈 수 있도록 이 책을 꼭 추천해요. 더는 소 잃고 외양간 고칠 수 없어요. 우리는 소중하니까요.

아라차림 상담소 대표, 박현순

사전 독자 후기

내가 아는 HG는 '추락'이라는 단어와는 거리가 먼, 단단하고 건강한 사람이다. 그런 그에게 있었던 일과 그걸 풀어내 공유하는 일에 힘이 되고 싶었다. 책 읽기보다 책 '소유'에 욕심이 있는 내가 HG의 책을 다 읽고 후기를 남길 수 있을까? 스스로 장담하지 못하던 채 원고를 받았고 난 그날 바로 HG가 되어 추락과 다시 상승, 그리고 단단해지는 경험을 했다.

사실 나도 최근에 머릿속이 오만가지의 생각들로 가득 차고 욕심과 현실의 괴리에 무기력과 우울감이 몰려온 상태였다. 물론 코로나도 한몫했지만. 이 책에서 말한 미노타우로스가 사는 동굴에 나 또한 고개를 내민 것이다. HG의 글이라는 보호장구를 차고 동굴로 같이 들어갔고 다시 또 빛을 보았다. 이기적이게도 나는 고개를 내민 정도라 다행이다 싶은 안도감이 있었다. 특히 '2부 : 상승'에서, 그중에서도 '가족' 챕터에서 큰 공감을 했다. 요즘 부쩍 가족은 내 눈물 버튼이었고 어김없이 이 챕터에서 눈물이 왈칵 쏟아졌다. HG와 그 가족의 마음이 내게 닿았다.

눈물을 닦아내며 글을 다 읽고 나는 이제 창문을 활짝 열고 차를 끓이고 청소를 시작한다. 동굴에서 고개를 빼낸다.

우울할 때 가이드와 일반법칙이 아니라고 명확히 표했지만, 나에게는 도움과 힘이 되었다.

활자를 통해 어두움을 경험하고 다시 빛을 볼 수 있는 책, 생각 많아지고 그림자가 드리워진 나와 같은 사람들이 공감하고 고개를 끄덕일 수 있는 책이다.

초냐

HG의 첫 이미지는 '똑똑함'이었다. 어디 하나 흠잡을 데 없는 완벽한 사람이라 판단했고 그래서 굳이 친해지고 싶은 마음이 없었다. 나랑은 다른 사람이겠거니 싶었다.

"그 사람의 관점에 서보지 않으면 정말이지 사람을 이해하지 못한다. 그 안에 들어가서 머물러 봐야 안다."〈앵무새 죽이기〉에서 하퍼 리가 남긴 말.

그의 이야기를 읽어보니 내가 두꺼운 색안경을 끼고 있던 것을 깨달았다. 그도 나와 같은 인간임을. 겨우 버텼던 사람, 심리적으로 실향민 같은 상태로 살아갔던 사람이 다시 정상적인 삶의 궤도에 살게 된 경험을 이야기한다. 정말 멍게가 될 뻔했던 그. 잘 버텼다고 안아주고 싶다.

그의 유일한 과거가 이렇게 공감을 불러일으키는 이야기일 줄이야. 누구나 한 번쯤 느껴봤을 감정들이지 않을까? 나의 이야기를 대신해 말해주는 거 같아서 흥미롭고 속 시원하게 읽었다. 그의 부스터는 책이라고 말한다. 그의 이야기가 누군가의 부스터가 되길 바라며.

니퍼

저도 멍게가 될 뻔했습니다. 내 삶이 무미건조하게 느껴지고, 무기력하게 느껴지는 시간, 매일 그저 버텨내기에도 벅찼던 적이 있었던 것 같습니다. 다른 사람들은 행복해 보이는데 난 왜 이러지? 하는 의문들을 '사는 건 원래 다 그런 거야.'라는 말들로 덮어 두었던 것 같습니다. 이 책은 산다는 게 무엇인지, 어떤 삶을 위해 고민해야 하고 노력해야 하는지 물어봐 주고 또 그 일을 같이해주는 것처럼 느껴졌습니다. 그래서 계속 고민합니다. 더 건강한 나를 위해 어떻게 해야 할지.

예슬

서른을 넘겨 살다 보면 적어도 한 번 이상은 감당할 수 없을 정도의 우울한 기간을 보내는 듯하다. 나도 그랬고, 내 친구도 그랬고, 저자도 그런듯하다. 그렇지만 그 시절의 우울함은 누군가의 응원으로 대체 될 수 있을 것 같지 않았다. 어쨌든 우리는 우울함에서 빠져나와야 했고, 우울한 시절을 보낸 사람들이 이 세계에 남아 '나도 그랬어'라고 공감을 건네줄 뿐이다. 저자도 종이에 몸을 입혀 그런 공감을 해주고 싶었던 게 아닐까 싶다.

엘리

나는 우울의 망망대해에서 섬처럼 쪼그려 앉아 있다. 저자는 나의 무인도에 정박해, 다른 섬을 찾아 나서는 방법을 알려준다.

혜린

저자를 보고 있노라면, '실은, 다른 사람은 아무래도 상관없다'라는 말이 마치 세상에 없어야 하는 것처럼 느껴지곤 했다.

이 글에서도 사람에 대한 절절함이 끓어 넘친다. 이토록 정제된 투에서, 이렇게나 사랑과 믿음이 느껴지다니.

나는 불행한 과거에서 미처 다 극복하지 못하고 남은 우울의 찌꺼기가 내 안에 은은하고 단단하게 뿌리내려 있다는 것을 최근에야 알았고, 이보다 조금 더 전에는 나보다 먼저 깨달아 앓은 사람들을 살핀 적이 있었다.

글을 1, 2, 3부대로 나눈 저자의 의도대로라면, 어쩌면 나는 이 글을 거꾸로 봤어야 하는지도 모르겠다.

라면

멍게가 될 뻔했다.

실은 이미 멍게가 되어가고 있었다.

수많은 공간에 찾아가, 수많은 사람을 만나고, 수많은 이야기를 나눌 때면-

집으로 돌아가 깊게 고요해졌다.

밥을 지어 먹는 일도 청소를 하는 일도 영영 미뤘다.

그러다 이 책을 만났다.

구부러진 몸을 일으켜 페이지를 넘겼다.

책을 덮고 난 뒤 청소를 했다.

아침 일찍 일어나 시장에 갔다.

찬거리와 작은 모종을 샀다.

빗물을 받아 모종에 물을 주며 생각했다.

'일상을 회복하고 있다'고.

리오

보이지 않는 상처에는 '보이지 않는 부축'이 필요하다. 안부를 묻는 말, 웃는 입, 한 번 더 쳐다봐주는 눈빛들이 그런 게 아닐까 싶다. 읽으면서 나의 상처를 글쓴이의 아픔과 견줄 필요가 없어서 좋았다. 우리는 겨루는 존재들이 아니라 같이 가는 사람들임을 확인할 수 있는 시간이었다.

'난 아파, 너도 아파? 그럼 우리 같이 죽자.'가 아니라, '그러니 우리 같이 잘 살아 보자.'여서 좋다. 억지로 내 겨드랑이에 손을 끼워 일으켜 세우는 닦달이 아니라, 옆에 잠시 같이 앉아주는 동행이어서 감사하다.

유리

아무것도 하기 싫고 침대에 누워만 있고 싶은 나를 서서히 일으킨 책.

이 책은 저자가 우울이라는 어두운 터널을 빠져나온 과정을 담고 있다. 대단한 '의지'나 '노오오오력'이 아니라, '우연한 계기'를 통해 '감사하게도' 터널을 빠져나올 수 있었던 이야기. 그래서 평범한 내 친구의 이야기를 듣는 것 같아 공감되고 힘이 되었다.

기력 없이 누워있는 사람 중에 진정으로 계속 누워만 있고 싶은 사람은 없지 않을까. 저자의 바람처럼 내면의 불씨(거의 꺼져가는 희미한 불씨일지라도)를 발견하고 지켜내기를 바란다.

코나

인생에서 이정표로 삼을만한 글을 모은다는 건 또 다른 삶의 목적이자 의미인 것 같습니다.

그리고 바다 깊숙이 가라앉는 기분을 느낀다면 그것은 나의 의지로 충분히 극복할 수 있다는 걸 글로 목격하게 되었네요.

저도 똑같습니다. 死境(사경)을 목도하고 무너져갈 때, 내가 기댈 곳이 없을 때 어떻게 해야 할까요.

이미 뒤틀린 삶을 다시 뒤틀어버릴 수밖에 없습니다. 그런 의미에서 이 책은 인생의 보조 바퀴 역할을 할 것 같네요.

자전거를 처음 탈 때 잘 탈 수 있도록 도와주는 것이 보조 바퀴죠. 어쩌면 그동안의 인생을 다시 처음부터 시작해야 할지도 모를 때가 있죠.

그럴 때 이 책을 잡으세요.

나를 지지하고 연결하고 기대고 받칠 게 필요하다면 이 책을 잡으세요.

도도

열심히, 나쁘지않게, 무난하고 평범하게
종종 재밌고 즐겁고 행복하게까지.

이정도면 꽤나 잘 살아가고 있다고 느끼다가도
어느새 나도 모르게 잠길 수 있는게
삶이라는 것을 알아차렸다.

20대의 HG가 꽤 잘 살아가고 있다가 단숨에 멍게가 될 뻔한 것처럼(사실 단숨에는 아니지만)

누구나 그렇다는 사실을

20대를 지나온 사람들은 공감할 수 있다.

HG가 직접 말해주는 것처럼 생생했다.

읽은 게 아니라 들은 것 같다.

상황마다의 심리적인 묘사가 현실감이 넘쳤다.

내가 겪은 것처럼 몰입됐다.

HG의 상태 변화에 따라 긴장하면서 '그래서, 그래서?

그런 다음에?'라고 맞장구를 치면서 읽었다.

마치 소설을 읽는 것 같았다.

무겁고 답답한 상태에 대한 무겁지 않은 비유적인 표현들이

피식 웃게 할 정도로 재밌기도 했다.

앉은자리에서 책장을 계속 넘기게 했다.

그리고 그가 찾아낸

삶을 살아가기 위해 나를 지키는 방법은 쉽지만 쉽지않고

어렵지만 어렵지 않다.

결국 하루를 잘 지내는 것.

나와 나를 환경을 보살피는 것.

여기서 보살펴야 하는 나와 나의 환경에는 사람이 있다.

혼자서만은 절대 나를 보살필 수 없고

나의 삶을 제대로 살아갈 수 없다.

HG의 이야기로 다시 한번 확인했다.

어떻게 잘 살아갈지에 대해.

어떨 때는 이토록 열심히, 애써야

그냥저냥 살아갈 수 있다는 것이 버겁다.

그럼에도 살아가야 하니까 사람을 만나고 마음을 나누고,

나를 보살피며 산다.

주야

서문 : 쓰는 이유

스스로 '쓰레기'라고 느낄만큼 인생이 박살 난 적 있다. '다시 정상 궤도의 삶을 살 수 있을까?' 할 정도였다. 당시에는 정말 한치 앞도 보이지 않았기에 자신할 수 없었다.

-100억에서 +1,000억까지 극적 인생 역전을 이루어낸 사람들의 이야기를 읽어봤다. 이것은 단점이 있는데, 그도 나와 같은 인간임을 느끼기 어렵다는 것이다. 워낙 진폭이 커서 그렇다. 정주영이나 징기스칸 이야기를 읽으면, '그건 난 놈들 이야기잖아, 나랑 상관없어.' 같은 생각이 들기 쉽다.

내 진폭은 -10억에서 +1억 정도라고 생각한다. 인생이 파멸될 수준까지 가긴 했지만, 지금은 보통 사람들보다 약간 더 높은 에너지레벨로 살고 있다.

내가 잘나서 그렇다는 것이 아니라, 많은 현대인이 낮은 에너지레벨로 살고 있음에 근거한다. 사회구조와 환경이 그렇고, 우리를 둘러싼 메시지가 그렇다. 우리를 컬러인간에서 흑백인간으로 만든다.

자신을 잃은 사람이라면, 혹은 잃고 있는 사람이라면, 내 이야기가 도움이 될 부분이 있을 것이다.

과거의 나에게 한 권의 책을 전할 수 있다면 이 책을 전하고 싶다. 또한 나와 같은 고통을 겪는 사람에게 조금이라도 도움이 될 수 있다면 좋겠다.

그런 마음을 붙들며 써내고자 한다.

목차

추천의 글   6

사전 독자 후기   14

프롤로그 서문 : 쓰는 이유   24

1부 추락

01. 자각 HG, 우울증인 것 같아   30

02. 붕괴 배가 언제 이렇게 나온 거지?   34

03. 파멸 앉아 있는 것도 못할 지경   38

04. 혼돈 쓰레기 산을 만들다   42

05. 사람 행성이 다가오는 것만 같았다   46

06. 게임 현실의 도피처가 된 가상현실   52

07. 무력 죽고 싶은데 등 떠밀지 말아 주세요   64

08. 이유 죽지 않기로 했다   69

1부 마치며 미노타우로스가 사는 동굴 지도를 그리려면   74

계기 둘의 결혼이 나를 살린 셈   78

2부 상승

09. 창문 청소력을 아시나요   84

10. 생명 집밥 백선생을 삼시세끼 부탁해   91

11. 복구 망가진 뇌 햇살로 치유하기   95

12. 운동 처음엔 5분도 못 뛰었다   104

13. 독서 죽음의 책에서 살아야 할 이유 찾기   112

14. 소설 담아두지 말고 써서 내보내라   120

15. 가족 덕분에 살아있습니다   129

16. 탈고 문이 닫힌 순간, 문이 열린 경험   138

인간 결국 사람은 환대를 먹고 산다   142

3부 시작하며 상장폐지에서 수익률 50%까지   146

3부 강화

17. 호흡 숨 쉬려고 요가합니다   150

18. 수면 치매에 걸리고 싶은 사람은 없다   155

19. 식사 아무거나 아무 때나 먹지 않는다   161

20. 쾌변 인생에서 중요한 것 3대장   167

21. 걷기 인생 맛없고 싶으면 최대한 눕자   173

22. 근력 소액 근육 투자자   180

23. 독서 하루라도 책을 읽지 않으니 멍청해지더라   186

24. 취미 글쓰기의 힘   195

마치며 당신의 하루를 계속 업데이트하라   201

에필로그 책으로 펴내면서   206

1부

추
락

01.

자각

HG,
우울증인 것
같아

매주 월요일 아침 진행되는 주간 회의 시간이었다. 나는 회의 내내 할 말이 없었다. 말하고 싶지 않았다. 그런 상태에 이른지 꽤 오래였다. 회의가 끝날 무렵 누군가 나에게 말했다.

"HG, 우울증인 것 같아."

'이름'의 힘은 위대하다. 이름과 함께 개념화된 것은 사람의 내면에 자리잡는다. 꽃의 이름을 아는 순간 오래 기억할 수 있게 된다. 언어는 존재의 집이라 하지 않았나. 이름이 붙여지지 않은 것은 추상의 세계에 있기 때문에, 제대로 힘을 발휘하지 못한다.

"저기 다가오는게 뭐야? 검고, 큰데……."

점점 가까워지며 녀석의 정체가 보인다. 늑대다. 알고 있는
이름과 매칭되는 순간 회색지대는 끝난다. 늑대는 맹수다. 늑대
라는 것을 알아차린 순간 사람의 다리는 풀린다.

추상의 세계에서 인식의 세계로 넘어오며 일어나는 일이다.
'우울증'이라는 이름이 붙여지는 순간 내게 일어난 일이기도
했다.

몸이 점점 무거워지고 삶이 맛없어지는 시간이 계속되고 있
다는 것은 알았다. 그저 컨디션이 안 좋은 날이 이어지는 것이
라고 생각했다. 행복하지 않았고, 웃을 일이 없었다. 잠을 자도
자도 피로했다. 매일을 견뎌낼 뿐이었다.

이런 과정을 통해 '나'라는 존재 곳곳에 실금이 가기 시작했
다. 더 이상 금갈 곳이 없어 약해질 대로 약해진 상태. 마지막 작
은 충격 하나만 더하면 와르르 무너져 내릴 것이었다.

'이름'이 붙는 순간 나는 부숴졌다. 마지막 펀치였다.

우울증에 대해 잘 몰랐다. 당시 읽던 책에 이런 대목이 있다.
이 말대로라면 나는 완벽한 우울 상태였다.

"사회학자 에리히 프롬은 행복의 반대말은 우울이라고 말했다. 우울이란 아무것도 느끼지 못하는 것, 몸은 살아 있지만 죽었다고 느끼는 상태. 아무리 즐거워도 자신이 생생하게 살아있는 상태가 아닌 한 행복할 수 없다."

– 〈내가 일하는 이유〉, 도다 도모히로, 와이즈베리

자리에 앉아 있노라면 종종 '죽을 것 같다'는 감각이 일렁였다. 전에 한 번도 느껴보지 못한 감각이다. 나는 에너지가 넘쳐나는 사람이었다. 아무리 힘든 일도 내가 선택하면 끝까지 해낼 수 있다고 생각하며 살았다.

당시 하던 일은 두 명의 담당자가 있는 프로젝트 사업이었다. 같이 하던 사람은 1년이 지난 뒤, 자기 길이 아닌 것 같다며 떠났다. 내게도 분기점이 왔다. 여기서 그만두면 이 일은 사라질 것이고, 혼자 일궈내면 업적이 될 것이다.

혼자 해보기로 했다. 그때 몰랐던 것은, 둘이 하던 일을 혼자 하는 것은 두배가 아닌 세배의 출력이 든다는 것이었다. 다른 사람보다 에너지 레벨이 높아봤자 120% 정도였을 것이다. 보통 사람의 출력을 100으로 잡고, 상태가 안좋은 사람을 60~70으로 잡자. 이때 120은 꽤나 빛나는 수치다.

120짜리가 200, 300의 출력을 내는 것? 잠시는 가능한 일이다. 계속하면 엔진이 마모되며 작동 불능에 이른다.

일에 약간의 조정이 있긴 했다. 2인분으로 돌아가던 일이 1.75인분 정도가 되었다. 그래도 250의 출력을 내야했다.

그렇게 1년이 지났다. 나는 완전히 고장났다.

내가 간과한 것은 내 몸을 감가상각 없는 고정값으로 둔 것이다. 그럴 수 있었던 이유는 20대의 체력, 젊음이었다. 나를 무한한 자원이라고 인식했다. 그래서 스스로를 갈아 넣을 수만 있다면, 어떻게든 무엇이든 해낼 수 있다고 착각한 것이다. 사회 초년생의 오류이기도 하다.

몸이 갈려 들어가며 너덜너덜해졌다. 체력이 떨어지면 정신력도 떨어진다. 건강한 몸에 건강한 정신이 깃든다는 명제, 참이다.

어느 날 배를 봤는데 임산부처럼 나와 있었다.

파호랑의 한마디

요즘 행복을 느껴?

활짝 웃은지
얼마나 됐어?

인스타: @pa.ho.rang

02.

붕괴

배가 언제
이렇게
나온 거지?

　전형적인 마른 체형이다. 물만 마셔도 살찌는 체질이라는 말이 있다. 나는 그 반대였다. "그렇게 먹어도 살이 안 찌나?"라는 말이 익숙했다. 그래서인지 불뚝 나온 배를 봤을 때 형용할 수 없게 이상한 기분이었다.

　내 몸도 이렇게 될 수 있구나.

　몸에 대해 너-무 무지했다. 무지했는데 알려고 하지도 않았다. 신경 쓰지 않아도 큰 문제 없었기에 그랬다. 대가가 복리로 돌아온 셈이다. 돌아보면 몸이 그 지경이 된 것은 당연했다. 물을 끓이면 증기가 되듯 너무도 당연한 일이었다.

　살이 안 찌는 체질이 아니었다. 20대라 신진대사가 활발했고, 섭취한 열량을 전부 태우며 살았기에 말랐던 것이다.

대학 수업 짤 때 보면, 이동하기 싫어 최대한 같은 건물에서 수업을 듣는 사람도 있었다. 나는 일부러 동선을 만들었다. 한 두시간 걷는 것은 일상이었다. 에너지가 넘치는 만큼 많은 활동을 하며 살았다.

몸이 망가진 2년동안 그런 생활습관을 하나씩 잃었다. 출근길에 10분 정도 걷고, 퇴근길에 10분 정도 걷는다. 그 외 유산소 활동은 없다. 일하는 시간 대부분 앉아 지냈다.

녹차 라떼, 바닐라 라떼, 카페 모카 등 우유와 시럽이 듬뿍 들어간 음료를 매일 한두 잔씩 마셨다. 콜라를 몸에 퍼부었고 대부분 식사는 편의점 도시락과 라면으로 때웠다. 저녁에는 치킨과 맥주, 떡볶이를 즐겨먹었다.

식단에 식이섬유는 없고 단백질은 소량 있으며 탄수화물만 넘쳐흘렀다.

평일의 스트레스는 보상 심리로 발동했다. 집에 들어오면 최대한 아무것도 안하고 누워만 있었다. 주말에도 집에 틀어박혀 지냈다. 활동량은 줄었는데 음식은 더 먹었다.

나이 한 살 먹을 때마다 신진대사는 감소한다. 태우지 못한 칼로리가 몸에 쌓였다. 운동을 안하니 근육이 제로에 수렴했다. 몸이 갈수록 약해지는 완벽한 악순환 고리가 완성됐다.

몸 상태를 인지했을 땐, 이미 의지력이 고갈된 상태였다. 모멘텀을 만들 수 없었다. 정신세계가 끝 모를 바닥으로 추락하고 있었다. 대체 하늘 높은 곳에서 뛰어내린 건지, 바다 깊은 곳으로 빠져들고 있는건지 분간할 수도 없었다. 그저 하루하루 버티고 견뎌내는 시절이었다.

이때 내 몸을 위한 최선의 선택은 '곧바로' 일을 그만두는 것이었다. 책임감 없네 어쩌네 하는 소리를 듣더라도, 나몰라라 하고 최대한 빨리 '정지' 버튼을 눌렀어야 했다. 그때의 나는 그럴 수 없었다. 그렇게 끝낼 수 없는 지켜내고 싶은 관계가 있었고, 착한 사람 콤플렉스가 심했다.

외부에서는 나만큼 한 사람 없다는 말을 들었는데, 정작 내부에서 받는 메시지는 부족하다는 것 일색이었다. 가스라이팅이었다.

지금의 지식을 가지고 그때로 돌아가면 같은 선택을 할까? 모르겠다. 다만, 지금 아무리 다시 생각해봤자 그때의 선택과 결과는 바뀌지 않는다는 것을 안다. 이미 지난 시간이고 대가는 오롯이 내 몫이다.

하루가 지날수록 몸이 쇠약해지는 것이 느껴졌다. 그만큼 정신도 무너지고 있었다.

인간의 의지력은 아주 한정된 자원이다. 무한한 자원이 아니다.

스테미너가 넘친다는 표현이 있다. 게임 언어로 하면 HP(체력), 정신력은 MP(마나)라고 할 수 있겠다.

게임에서는 체력이 2여도 마나는 98일 수 있다. 현실은 그렇지 않다. 체력이 2면 마나도 2다. 끽해봐야 4~8정도 될까? 정신력만으로 버티기엔 인간은 너무도 물질적 존재다. 천재 중에 비리비리한 몸으로 엄청난 수학적 연산을 해내는 사람들이 있다. 그들이 피지컬을 가꿨다면? 더 대단한 수학적 발견을 했을 것이다.

몸이 붕괴되면 정신도 붕괴된다. 몸과 마음은 하나다.

아무것도 아닌 일상을 수행하는 것도 어려워지기 시작했다. 사람에게 인사하는 것, 간단한 대화를 나누는 것도 어려웠다. 급기야는 말을 더듬고 있었다. 말 잘한다는 소리를 듣던 사람이 이렇게 되니 무서웠다.

앉아만 있어도 힘들어졌다. 일상이 붕괴했다. 나는 완전히 무너졌다.

파호랑의 한마디

몸의 소리에 귀 기울여봐
네 마음을 지켜줄 거야.

인스타: @pa.ho.rang

03.

파멸

앉아만
있는 것도
못할 지경

〈한낮의 우울〉이라는 책의 저자는 '중증' 우울증을 앓은 사람
이다. 책을 통해 중증은 '산 송장' 상태에 이르는 것임을 알 수
있었다. 먹을 의지가 없어 밥을 먹여줘야 하고, 대소변 보러 화
장실 갈 의지가 없어 돌봐줄 사람이 필요하다.

그가 할 수 있는 것은 침대에 누워 고통스러운 자기 세계에 갇
혀 고문받는 것뿐이다. 돌봐주는 사람 없이 가만히 놔두면 죽는
것이다. (오늘날 일어나는 수많은 고독사에 이런 죽음이 얼마나 많을까 생
각해보게 된다)

원초적 활동마저 불가능해지는 것이 중증이라면, 나는 '경증'
우울증을 앓았다고 할 수 있겠다. 먹고 싸는 생명유지 행위를

할 의지까지 없어진 것은 아니었다.

일상적인 사회생활은 불가능했다. 사람을 대하는데 드는 에너지가 너무 크게 느껴진 게 문제였다. 수중에 100만원 있을 때는 치킨 한 마리 시키는 거 아무 부담 없지만, 2만원밖에 없다면 주문하며 손이 부들부들 떨린다.

사람 대할 때 들어가는 에너지는 같았을 것이다. 내 배출 용량이 작아져 그렇게 느꼈을 뿐.

인간은 경계선이 필요하다. 나와 / 타인의 경계, 나와 / 세계의 경계. 나를 둘러싸고 있는 경계선이 모두 흐물흐물해져 내 존재가 녹아버릴 것만 같았다. 풍선을 불고 불면 점점 표면이 얇아져 터지는 것처럼, 불안한 상태가 되었다.

짬 날 때마다 최대한 누워지냈다. 인수인계 기간까지 2개월을 더 버텼는데, 잠깐이라도 누울 수 있는 공간이 없었다면 쓰러졌을 것이다. 허리를 세우고 앉아있는 것도 힘들었다. 뇌가 녹아내리는 것만 같았다. 머리가 쪼개지는 듯한 두통이 수시로 찾아왔다.

뜨거울 때 머리를 만져보면 마치 펄떡펄떡 뛰는 심장처럼, 그 부분이 욱신거렸다. 뇌가 그렇게 '박동' 할 수 있다는 말은 들어본 적 없으니, 머리를 이루는 근육이 아팠던 것이라 생각한다.

스트레스를 받으면 잘 풀어줘야 한다. 사람들은 발산을 위해 노래방도 가고, 산도 오르고, 뛰고, 소리지르고, 별 짓을 다한다. 그래야 내면에 쌓인 스팀이 분출되며 압력솥이 폭발하지 않기 때문이다. 압력이 분출되도록 해야 하는데 그걸 못했다.

특히 망가진 것은 수면 생활이었다. 보통 사람은 7~8시간 정도 자고 나면 눈이 떠지고 좀이 쑤시며 허리가 아파 일어나게 된다.

당시 나는 방어기제가 잠이었다. 계속 자고 싶었다. 일어나고 싶지 않았다. 눈을 뜨면 고통스러운 하루가 시작되니까.

2년만에 추석 연휴를 맞아 쉬는 기간이 주어졌다. 연휴 내내 잤다. 10시간을 자도 더 자고 싶었고, 14시간을 자도 더 자고 싶었다. 허리가 아파 누워있기 힘들어도 깨기를 거부하다 몸을 일으키곤 했다.

'아무것도 안 할거야.'

이 생각만 맴돌았다. 10시간을 자도 피곤했고, 14시간을 자도 피곤했다. 그땐 몰랐지만 당연한 일이었다.

수면 효율은 보통 8시간을 정점으로 한다. 9시간 넘게 자면 오히려 건강에 좋지 않다.

그나마 연휴를 보내며 아무것도 하지 않는 시간을 보내고 나니, 심리적 압박감이 덜어지는 것 같았다.

연휴 마치고 다시 첫 출근. 딱 반나절 동안 괜찮았다. 오전이 지나고 오후가 되자 다시 죽을 것 같았다.

아무도 나를 위협하지 않았고, 아무도 나를 죽이려 하지 않았다. 근데 죽을 것 같았다. 이게 말로만 듣던 공황장애일까? 예전에 유명 연예인이 이동중에 '차 안에서 죽을 것 같다고 호소하며 병원에 실려갔다'는 기사를 읽은 기억이 났다.

살맛 나는 일이 하나도 없다 > 우울하다 > 우울감이 계속된다 > 죽을 것 같다 > 공황상태

나를 잘 살피고 돌봤다면 여기까지 오지는 않았을 텐데, 이미 내 인생은 '파멸' 역에 도착했다.

내 세계는 빛을 잃었다.

파호랑의 한마디

방어기제가 있어?
건강한 방어기제인지
그저 도피처인지 살펴봐!

인스타: @pa.ho.rang

04.

혼돈
쓰레기
산을
만들다

인수인계 기간 2개월은 내게 독이었다. 몸이 완전히 넝마가 되었다. 마지막 퇴근을 하며 편의점에서 잔뜩 먹거리를 사서, 방문을 걸어 잠그며 들어갔다.

정상인들이 사는 세계를 해변이라고 하자. 해변에 사는 사람도 힘든 일을 겪지만 곧 회복한다. 회복탄력성이 있기에 가능하다.

나는 해변에서 멀어져 길을 잃고 표류했고, 더 이상 수면에 떠 있을 힘을 잃은 사람이었다. 바다 속으로 빠져들어가고 있었다.

시간이 지날수록 나오기 어렵다. 수면은 점점 멀어지는데 수압은 오히려 높아진다. 헤엄은커녕 숨도 쉴 수 없다. '아, 죽나

보다.' 체념하고 발버둥을 멈춘다.

같은 종류의 고통을 겪어야 이해할 수 있는 아픔과 어려움이 있다.

그동안 살며 우울증 상태였을 사람들, 당연히 만났다. 그들이 자주 하는 말은 '못하겠어'와 '힘들어'였다. 그들을 게으르다고 생각했다. 내 에너지 레벨이 그만큼 떨어지자 나도 다를 바 없었다.

다리가 없는 사람에게 '왜 뛰지 못하니?' 말하는 사람의 다리를 잘라보라. 그도 뛰지 못할 것이다.

못하겠고 힘들었다. 신경이 다 타버린 것 같았다. 무슨 행동을 해도 신경계가 움직여야 하는데 마모되어 있으니 모든 일상이 고통이었다. '신경증'이 의미하는 바를 알게 되었다. 그들이 살던 세계는 심해의 세계였다. '그때 그 사람들이 이런 상태였나 보다' 깨닫게 되었다.

아무것도 신경쓰고 싶지 않았다. 아무것에도 자극받고 싶지 않았다. 그저 나를 내팽개치고 싶을 뿐이었다. 바닥에 눌러 붙어 먼지가 되어 사라지고 싶었다.

3일? 일주일? 잘 기억이 나지 않는다. 아무튼 한동안 방 안에서 썩어 있었다. 방에 틀어박혀 음식을 먹고 자고 깨기 반복했다.

삼각김밥의 비닐, 라면 용기, 과자 봉지, 음료수 페트병 등이 방에 나뒹굴었다.

사람이 지내는 공간은 그 사람을 보여준다. 방이 쓰레기로 덮이다 못해 쌓이기 시작했다. 김완 작가님의 〈죽은 자의 집 청소〉를 보면 쓰레기가 산처럼 쌓인 집 에피소드가 나온다. 대충 풍경이 그려진다. 나도 작은 동산이나마 만들어봤기에.

그때의 내 상태로 미루어보아 본인이 인정하건 안하건 그런 사람의 내면은 정상이 아니다. 쓰레기가 있어야 할 곳은 쓰레기통이다. 쓰레기를 쓰레기통에 버리는 활동은 일상이다.

일상이 무너진다는 것은 그런 행동을 못하는 것이다. 쓰레기를 옆에 두고 먹고 자고 깬다. 태초를 묘사하는 말, 질서가 완전히 무너진 상태, 있어야 할 것이 없어야 할 곳에 있는 상태를 우리는 '혼돈'이라 말한다. 나는 카오스에 이르렀다.

살고 싶지 않은 인간의 정신과, 먹을 것을 내놓으라는 인간의 위장은 합의할 수 없다. 위장이 이기게 마련이다. 살아야 하니 먹었을 뿐, 아무것도 하고 싶지 않고, 누구도 만나고 싶지 않았다.

사람이 너무 힘들었다. 사람의 얼굴을 보는 게 힘들었고 대화하는 게 힘들었다.

자세하게 쓰진 않았지만 그동안 살며 일하며 사람에게 받은 스트레스가 극에 달했다. 인간 혐오 상태에 이르렀다. 가장 가까이 있는 인간이 나 자신이기에, 스스로를 혐오했다.

가족과 함께 살았지만 접촉점은 끊었다. 방구석 폐인, 히키코모리가 되었다. 이 시기의 기억은 대체로 깜깜해서 적기 어렵다. 영화 보는데 화면이 갑자기 까맣게 되는 것처럼, 드문드문 기억날 뿐이다.

쓰레기가 쌓여가는 걸 그냥 내버려두고 싶을 정도로 망가진 내 모습과, 내면이 반영된 어둡고 더러운 방이 기억날 뿐이다.

파호랑의 한마디

너의 공간은
너에 대해
무어라 말하고 있어?

인스타: @pa.ho.rang

05.

사람
행성이
다가오는 것만
같았다

기운이 쇠약해질수록 사람이 얼마나 많은 에너지를 품고 있는 존재인지 알게 되었다.

양자역학에서 모든 물질은 파동인 동시에 입자다. 이를 '파동 – 입자 이중성'이라고 한다. 빛이 그렇듯 탁자나 키보드도, 그리고 나와 당신도 물질(입자)인 동시에 파동이다.

사람은 그냥 존재하는 것이 아니다. 라디오나 와이파이처럼 파장을 내뿜는다.

좋건 나쁘건 특출 난 사람을 볼 때 우리는 '아우라가 느껴진다'고 말한다. '보통' 사람들 사이에서 '특별한' 사람이 내뿜는 아우라를 느낀 적, 있을 것이다.

특별한 사람 아니어도 다들 각자의 기운을 내뿜으며 산다.

정상적인 사람이 얼마나 큰 기운을 뿜어내는지 정상인은 알 수 없다. 코끼리가 얼마나 큰지 코끼리는 모르는 것과 마찬가지다. 주변을 둘러보면 다 코끼리인데 느낄 수 있을 리가. 코끼리가 큰 존재라는 것은 고양이가 알 수 있다.

기운을 잃은 사람들 사이에서, 정상인이 얼마나 높은 에너지로 사는지 알려면 병원에 가면 된다. 요양원에 가면 된다. 그곳에서 일하는 간호사, 요양보호사는 다른 곳에서 만나면 보통 사람일 뿐이다.

하지만 그들이 일하는 곳, 기운이 쇠약해진 사람들 사이에서는 빛나는 존재가 된다. 거기 있는 사람들은 그들의 도움 없이 일상을 살아내기 어렵다.

몸과 마음의 건강을 잃을수록 사람이 내뿜는 기운, 파장을 받아들이기 힘들었다. 이것은 나쁜 에너지뿐 아니라 좋은 에너지도 마찬가지였다.

사회생활의 시작은 인사다. 기가 센 사람일수록 밝은 에너지가 가득한 인사를 건넨다. 그런 인사를 받으면 왠지 모르게 기운이 난다.

내가 흐물흐물해진 상태에서는 기분 좋은 인사를 받는 것도 버거웠다. 그런 인사를 받으면 화답하고 싶은 것이 정상인데,

내 안에 그럴만한 에너지가 없어서 반응할 수 없었다.

그때까지의 삶을 돌아본다. 너무 많은 사람과 너무 많은 상호 작용을 하며 너무 많은 기운을 내뿜으며 살았다. 인생에 한 번도 쉼표를 준 적 없다. 제대로 번아웃이 온 것이다.

'갭이어(Gap Year)'라는 개념이 있다. 기본교육과정을 마치고 사회로 나가기 전, 1년 정도 쉬며 자신에 대해 깊이 생각하는 시간을 갖는 것이다.

한국형 갭이어는 아마 '휴학' 아닐까? 대학을 스트레이트로 졸업하는 사람도 많지만, 휴학을 찬스처럼 쓰기도 한다. 인생 중간에 쉼표 한번 걸어주는 것이다. 퇴사하고 몇 개월 동안 고향에 가서 지내거나, 다른 나라로 여행을 가는 것도 같은 맥락이라고 본다.

나는 그런 시기가 없었다. 입대 목적 말고는 휴학 한 번 하지 않고 졸업했다. 전역한 다음 날부터 일했다. 20대 내내 주말에는 교회일 하느라 바빴다. 교회를 떠나고 나서야, 주말에 쉰다는 게 뭔지 알게 됐다.

돌아보니, 번아웃이 오는게 당연한 삶이었다.

타고난 체력을 넘어 에너지를 대출해서 쓰면 안 된다. 무리하면 몸은 고장 난다. 대출로 당겨쓴 대가를 철저히 요구한다. 이쪽도 오래될수록 복리의 마법이 작동한다.

스마트폰 배터리를 생각해보자. 2년 정도 쓰면 배터리를 완충해도 처음 샀을 때처럼 오래가지 못한다. 고장 난 배터리를 완충해봤자 지속시간은 이미 짧아져 있다. 내 최대 용량도 작아진 것이었다.

배터리를 최대로 충전해도 항상 빨간불인 상태까지 갔다. 정상적인 배터리를 들고 다니는 사람들의 에너지가 버거웠다.

가끔 일어나는 정서적 갈등 상황은 심히 견디기 어려웠다. 작은 스트레스도 배터리를 많이 소모시켰다. 배터리 상태 안좋은데 화질 좋은 고용량 게임을 실행하면 어떻게 될까. 10분만에 15%를 소모하는 상황에 부딪히고 나면, 함께 갈등을 겪은 상대방은 남은 85%로 하루를 살아갈 자원이 있겠지만, 나는 서 있는 것도 힘든 상태가 되었다.

그래서 모든 마찰을 피했다.

이때의 나는 빛이 싫었다. 어둠이 좋았다. 밝은 대낮에 눈을 뜨고 정신을 유지하는 것이 어려웠다. 가끔 갑갑하면 외출을 했다. 사람을 마주치지 않으려 심야에 나갔다.

모든 게 고요해지는 시간이 올 때까지 기다렸다. 새벽 2시는 넘어야 집 밖을 나서곤 했다. 그 시간대에도 서울에는 생각보다 많은 사람이 돌아다녔다.

아직도 기억나는 순간이 있다. 건너편에서 걸어오는 사람의 존재가 갑자기 너무 크게 느껴졌다. 누군지도 모르고, 내게 위협을 끼칠 기색도 복장도 아니었다.

단지 '사람의 존재감'이 크게 느껴졌을 뿐이다. 지구를 향해 돌진해오는 행성처럼 느껴졌다. 사람의 에너지가 버거웠다. 길 반대편으로 최대한 떨어져 지나쳤다.

망상 장애가 있는 사람은 나를 도청한다거나, 암살하러 온다거나 하는 걱정에 시달린다고 한다. 내 경우 그런 것은 아니었다. '건너편에서 오는 사람이 나를 해칠 것이다.'라는 종류의 망상에 빠진 적은 없다. 그저, 사람이 버거웠다.

사람이 힘들고 무서웠다.

지금까지 내용을 심각한 단어로 적으면 '대인기피'가 된다.

사람은 타인의 얼굴을 보며 근육의 움직임으로 표정을 읽는다. 이때 거울 뉴런이 작동하며 공감의 길이 열린다. 마음을 걸어 닫은 사람은 타인의 얼굴을 마주하지 못한다. 편의점에서 계산할 때도 눈과 얼굴을 마주치지 않는다. 사무적인 거래 행위만 오가게 된다. 거울 뉴런은 작동할 일이 없어지며 쇠퇴한다. 거울 뉴런이 죽어가는만큼 사람을 마주할 능력을 잃는다. 지독한 악순환이다.

끝없는 하강이 이어지고 있었다. 사람을 마주하기 싫고, 할 일 없는 사람은 뭘 할까?

돈이 있으면 쇼핑 중독 같은 것에 빠지기 쉽다. 구매하는 순간, 배송이 오고 택배를 뜯는 순간마다 느껴지는 도파민에 취한다. 그렇게 공허함을 달랜다.

소비로만 자기 존재를 확인할 수 있으니 그렇게 한다.

술은 또 어떤가. 인류 역사 내내 선조들로부터 내려오는 도피처다. 잠자고 깨어 있는 시간을 맨 정신으로 버티기 힘들 때, 술을 마시면 맨 정신이 아니게 되니 버틸 수 있다.

단, 술이 깨면 현실은 그대로다.

빌게이츠와 스티브 잡스 이래 최근 30년간 급속도로 확산된 신흥 도피처가 있다. 바로 게임이다.

나는 그곳으로, 게임 속 세계로 도망쳤다.

파호랑의 한마디

기센 사람에게 흔들리지 말고, 약한 사람 흔들지 마.

인스타: @pa.ho.rang

06.

게임
현실의
도피처가 된
가상현실

우선 이 글을 오독할 여지를 제거하려 한다. '게임 = 나쁜 것', '게임 = 악한 것'이라는 얘기를 하고 싶은 것이 아니다. 내가 '내면의 나침반'을 분명히 외면한 지점을 기록하고 싶을 뿐이다.

이른 새벽, 혹은 아침에 가족들이 출근준비하는 인기척을 들으며 잠자리에 들었다. 그들이 한참 일할 시간에 눈을 떴다. 그들이 돌아오는 시간에 맞춰 방문을 걸어 잠갔다. 그들이 잠든 시간, 게임을 했다.

직업이 인터넷 방송인이었다면 적성을 찾은 것이겠지만, 나는 그저 게임으로 도피했을 뿐이다. 의식이 있을 때의 시간을 어떻게 보내야 할지 몰랐다. 생각하고 싶지 않고, 행동하고 싶지 않았다. 아무것도 하고 싶지 않았다.

다시 일어나고 싶지 않았다. 인생이 나를 격추시키고 무릎 꿇렸지만, 거기 엎어져 있던 것은 나였다. 적극적으로 '널브러진 상태'에 나를 밀어 넣은 것은 나다. 남탓 하고 싶지 않다.

현실세계에 부딪힐 마음이 완전히 사라졌다. 인생에서 완전히 패배했다고 느꼈다. 객관적으로 처절한 패배 맞았다. 건강, 꿈, 관계, 사랑, 돈, 당시의 나는 모든 것을 잃었다. 절망과 비관뿐이었다.

게임에서는 몬스터 한 마리 잡는 순간, 경험치가 얼마나 올랐는지 보인다. 현실에서는 그렇지 않다. 즉각적인 게임 속 가짜 보상에서 도파민을 찾는 중독자가 되었다. 폐허가 된 현실을 복구하는데 사용했어야 할 노력을 게임 속 세계에 꼬라박았다.

그때 내가 열심히 했던 게임은 '히어로즈 오브 더 스톰'(이하 히오스)이다. 게임 제작 회사 '블리자드'에 등장하는 캐릭터들이 한 곳에 모여 승부를 벌이는 게임이다. 수십 개의 캐릭터가 있다. '캐릭터 레벨'은 한 게임 끝날 때마다 경험치가 쌓인 만큼 올라간다.

처음에는 한 게임만 해도 레벨이 오르지만 나중엔 수십 판을 해도 올리기 어렵다. 히오스에 있는 수십 개의 캐릭터를 전부 5레벨 이상까지 올렸다. 좋아하는 캐릭터는 몇십 레벨까지 올렸다. 캐릭터 별 레벨을 전부 더한 값이 '유저 레벨'인데, 1,000

레벨에 도달했다.

　얼마나 많은 시간을 게임에 쓴 걸까.

　처음에는 재밌어서 했지만 나중에는 레벨 올리는 재미로 했다. 게임은 성취감을 줄 수 있도록 보상시스템이 마련되어 있다. 레벨 시스템과 그에 따른 부산물이 그렇다. 레벨업 때마다 주는 상자를 열어 캐릭터 스킨을 꾸밀 수 있다. 골드를 모아 아이템을 살 수 있다. 현실세계에서는 그렇게 나를 갈아 넣어도 보상이 없다고 느꼈다.

　그래서 게임 속 보상에 중독됐다.

　눈이 뻑뻑하게 지칠 때까지 게임을 했다. 컴퓨터를 끄는 순간 모두 사라지는 허무한 신기루 임을 알면서도.

　리니지처럼 돈 되는 게임도 있지만 히오스는 그렇지도 않았다.

　그렇게 하루를 보내고 가족들이 출근준비하는 소리가 들리면 불을 껐다. 눈감고 잠 청하려 누우면, 몰려오는 자괴감은 거대했다.

　'난 쓰레기구나…….'

　하루 중 내면의 나침반이 작동하는 유일한 시간이었다. 고장 난 시계도 하루에 두 번은 맞는다는 말처럼, 마음이 말을 걸었다.

이렇게 살면 안된다고. 삶은 그런 것이 아니라고.

그때뿐이었다. 이런 생활을 대략 8개월 동안 했다. 짧은 시간이라고 할지도 모르겠다. 더 오랜 기간 그렇게 사는 사람도 있으니까. 평생 그렇게 살다 현실의 삶은 핵폭탄 맞은 것처럼 파괴되어 있는 것을 깨달으며 죽음을 택하는 사람들도 있을 것이다.

나도 별반 다르지 않았다. 한 끗 차이로 살아남았을 뿐.

다시 한 번 말하지만 게임이 문제가 아니다. 인생을 삼키는 화마는 사람의 성향과 기호에 따라 도박일 수도 있고, 쇼핑일 수도 있으며, 코인이나 주식은 당연하고, 돈 그 자체와, 돈을 벌기 위해 하는 '일'이 될 수도 있다. 내 경우에 그것이 게임이었을 뿐이다.

게임도 재미를 주는, 인생을 풍요롭게 하는 도구로 활용하면 좋은 것이 된다. 돈벌고 일하는 것도 인생을 풍요롭게 하기 위함이다. 주객이 전도되면 돈 벌고 일하느라 삶이 피폐해진다.

정작 소중하고 중요한 것들을 놓치면 안 된다. 건강과, 가족과의 유대감 같은 것.

예수는 이런 말을 했다.

"사람이 온 세상을 얻는다 해도 제 목숨을 잃으면 무슨 소용이 있겠느냐? 사람의 목숨을 무엇과 바꾸겠느냐?"

200억이 있어도 건강을 잃으면 무슨 소용일까? 일을 아무리 잘해도 유의미한 관계가 없는 인생은 얼마나 공허할까? 그런 삶의 끝은 사치와 향락, 권태감에 젖은 시간뿐이다.

게임 속 세계로 도피하는 것은 우울증 상태에서 시작됐다. 시작은 분명 외부로부터 쌓인 나쁜 것들로 인한 침체였다.

그러나 어느 지점에서부터, 분명 내가 내 삶을 내팽개쳤다. 스스로 인생을 저열한 것으로 만들었다. 미끄러져 구정물 속에 들어갔지만, 나올 생각 않고 그 안에서 뒹구는 돼지같은 모습이었다.

그런 이유로 브런치에 연재할 때 제목을 〈쓰레기부터 정상인까지〉라고 잡았다. 자기비하가 아닌, 지난 날에 대한 처절한 반성의 의미다.

원래 생각하던 제목 중 〈심해에서 해변까지〉도 있다. 심해는 우울증 상태, 혹은 인생의 나락으로 빠진 상태를 의미한다. 해변은 건강을 잃지 않은 정상인들이 사는 곳이다. 헤엄치고 때때로 비치발리볼도 하는, 일상생활이 가능한 영역을 의미한다.

이것은 분명 내가 살았던 어두운 시절을 묘사하는 하나의 그림이다. 그러나 여기, 한 겹이 더 있다. 자기기만의 껍질을 벗기고 들어가야 한다.

2016년, 겨울 어느날 그린 그림

모든 것을 남 탓하면 많은 것이 쉽게 해결된다. 그게 가장 쉽다. 부모탓, 회사탓, 사회탓. 쉬운 길이다. 하지만 누구의 탓도할 수 없는 내가 만들어낸 지옥이 있었다. 그곳에서 빠져나올 생각조차 하지 않은 시간들이 있었다. 아주 강한 의지로 내가 그것을 선택했다. 부끄럽지만 이것을 부정하고 싶지 않다.

지드래곤이 불러 아이러니한 '루저'라는 곡이 있다. 곡의 초입 가사는 이렇다.

> '루저. 외톨이. 상처뿐인 겁쟁이.
> 못된 양아치. 거울 속의 나.'

나를 설명하는 말이었다. 종합하면 '쓰레기 같은' 인간. 그 시절의 나는 쓰레기였다.

누군가가 "난 쓰레기야." 같은 말을 할 때 "네 탓이 아니야. 너 자신을 괴롭히지 마."라고 말해줘야 하는 경우가 있다. 또한, "그걸 알면서 계속 그러고 있어? 정신차려 이 인간아."라고 해줘야 할 때도 있다.

둘을 잘 구분해야 한다. 나는 후자의 말이 더 필요했다.

파호랑의 한마디

남 탓하면 쉬워.
근데 아무것도 안 변해.
아무것도.

인스타: @pa.ho.rang

부록 : '내면의 나침반'에 대하여

이 부분은 잘 안 읽히면 넘어가도 좋다.

무엇의 좋고 나쁨을 가르는 기준은 삶이다.

삶을 풍요롭게 하는가, 아니면 피폐하게 하는가?

신경계가 무너지면 감각이 고장 난다. 고장난 사람일수록 내면의 나침반을 무시한다. 내면에서 들리는 소리를 전통과 교육의 산물, 헛소리라며 일축한다.

법이 없으면 다들 야만인으로 돌변할 것이라고 말한다.

맞는 말이다. 나도 동의한다. 하지만 '대체로' 맞는 말임을 분명히 하고 싶다.

전부 야성을 드러내야 하는 상황에서 다른 선택을 하는 사람은 항상 존재한다. 그런 순간의 기록을 살펴보면 영화 속 이야기가 더 허구 같을 정도다. 빅터 프랭클의 〈죽음의 수용소에서〉를 읽어보라. 아우슈비츠 수용소에서도 인간은 인간다움을 지켜낼 수 있다.

동물과 비교해보자. 내면의 나침반이 더 명확히 보인다. 사바나 초원에 사는 코끼리, 사자, 코뿔소는 물론, 유전학적으로 인간과 가장 비슷한 영장류도 오직 본능대로 산다. 제일 힘세고 우월한 수컷이 모든 암컷을 독차지한다. 반항하는 수컷을 때려 죽이는 것은 당연하다.

반란이 일어나긴 하지만, 반란으로 왕좌를 차지한 수컷이 공화제를 만들고 삼권분립을 설계하는 일 따위는 없다. 본능을 따라 똑같은 일을 반복할 뿐이다. 지능이 없는 게 아니다. 이성의 쓰임새가 인간과 다르다. 원숭이도 개도 자신의 지성을 총동원하여 본능의 하인으로 삼는다.

인간에게는 '아, 그래도 이건 아닌 것 같아'라는 내면의 나침반이 심겨있다. 이걸 가장 잘 설명하는 말이 '측은지심'과 '수오지심'이다.

측은지심은 남의 불행을 불쌍히 여기는 마음이다. 겨울철 빙판길에 미끄러져 심하게 아파하는 사람을 보고 낄낄대는 사람은 무언가 섬뜩하게 느껴진다.

수오지심은 부끄러워하는 마음이다. 부끄러운 짓을 하고도 뻔뻔하게 구는 사람의 비율이 높은 사회일수록, 선량한 사람들이 손해보고 고통받는다. 이른바 '조별과제 잔혹사'를 생각해보자.

역할을 나눴는데 자신이 해야 할 몫을 조원들이 다 안해온 상황. 넷 중 둘은 미안해하고 민망해 한다. 다른 둘은 그런 기색 없이 오히려 뻔뻔하다. 앞의 둘은 그래도 사람으로 보일 것이다. 다른 둘에게는 "뭐 이런 것들이 다 있어, 니네가 사람이냐?"라는 말이 나온다.

'윤리'라는 단어를 쓰는 순간 한복 입은 도덕 선생님이 생각나며, 알레르기를 일으킬 사람이 많기에 이제야 이 단어를 쓴다.

참으로 희한하게 인간 역사를 거슬러 올라가면 문명마다 공통적으로 '윤리'라고 일컫는 요소가 발견된다. 사람을 죽이지 말라느니, 남의 것을 훔치지 말라느니, 거짓말하지 말라느니 하는 것들이다. 이런 윤리 지침이 규범화되는 과정을 생각해보자.

전쟁이 아닌 상황에서도 사람이 사람을 죽이는 게 당연시되고, 서로 물건을 훔치는 게 이상하지 않다면?

말과 피부색이 다른 타 부족도 아니고, 가까이 있는 사람들끼리 서로를 속이는게 당연하다면? 그곳이 바로 인세지옥이다. 모두가 피폐해지고 괴로워진다.

인류 역사에는 각성의 순간들이 있다. 먼저 깊이 고민한 개인이 깨닫고 전파한다. 그를 통해 집단적 학습이 이루어진다. 이후 사회적 합의를 거쳐 '그러지 않기로' 약속한다. 약속을 지킬 사람은 무리에 받아들이고, 약속을 어기는 사람은 무리의 이름으로 처형하거나 무리 밖으로 쫓아낸다.

고대에는 추방형이 많다. 당시 추방은 사실상의 처형이다.

약속을 지키는 무리는 융성한다. 그들의 삶은 풍성해진다. 옆에 사는 사람이 나를 속이고, 내 것을 훔치고, 내가 자고 있을 때 나를 죽이는 것을 두려워하지 않아도 되기 때문이다. 이런 집단에서만 대규모의 협력이 가능하다.

　가족 빼고 아무도, 심지어 가족조차 믿지 못할 집단은 신뢰 사회로 발돋움할 수 없다. 가만히 두면 자기들끼리 자멸한다. 항상 불안과 긴장과 배신과 음모 속에서 살아가야 하기 때문이다. 이런 사회일수록 강자가 공포로 지배하는 구조가 된다.

　이 안에서는 충성 경쟁이 일어나는 한편, 강자를 제거하기 위한 속임수가 횡행한다. 괜히 고대 왕들이 밥 먹기 전에 독이 있는지 확인하는 일자리를 만든 것이 아니다.

　인간 내면의 무엇이, 이런 것들을 당연하지 않은 세상으로 바꾸어 왔다. 나는 그것을 '내면의 나침반'이라 표현했다.

07.

무력

죽고 싶은데
등 떠밀지
말아 주세요

이전까지는 죽고 싶다고 생각한 적이 없다. 힘든 일이 없던 것은 아니다. 구구절절 꺼내 남에게 말하고 싶지 않을 뿐이지.

오히려 인생을 활력 있게 산 축에 속했다. 활활 불사르듯 살 았다. 그래서 내 인생에 우울증 같은게 찾아올 것은 상상도 못 했다.

"HG, 우울증인 것 같아."

'내가 우울증이라고?' 교통사고를 당한 것 같은 느낌이었다. 모든 교통규칙을 지키며 운전해도, 반대차선에서 돌진하면 당하는 게 교통사고다.

앞장에서 모든 것을 우울증 탓하고 싶지 않고, 내가 분명 쓰레기처럼 굴었던 면이 있음을 기록했다.

다른 각도로 살펴보고 싶다. 이번 장의 주제인 무력감이다.

나는 하고 싶은 게 많은 사람이었다. 하고 싶은 게 너무 많아 항상 시간이 부족한 사람이었다. 그러던 내가 하고 싶은 게 아무것도 없어졌다.

게임은 시간을 죽이는 것이(Killing Time) 목적이었다.

게임도 이기고 싶은 의욕이 있을 때 재밌는 법이다. 이기건 지건 상관없어져 그저 시간을 버릴 뿐이었다. 무력했고, 무기력했다. 의욕이 나지 않았다. 흥미로운 일도 없었고 모든 것이 허무했다. 죽고 싶었다.

죽고 싶었는데 죽을 용기가 없었다. 달리 말하면 죽음에 성공할 자신이 없었다.

응급의학과 의사 남궁인이 쓴 〈만약은 없다〉를 읽어 보니, 응급실에 실려오는 다양한 종류의 자살실패자를 보는 의사의 시선을 빌릴 수 있었다.

손목을 긋거나 고층 아파트에서 투신해도 생각보다 깔끔하게 죽기 어렵다. 응급실에 실려온 환자의 몸에 대한 묘사를 읽다 보면 괜히 인간이 지구 알파 생물이 된 게 아니구나 싶었다. 생명력이 질리도록 질기다.

의사의 눈으로 본 자살실패자들이 겪는 고통은 끔찍했다.

그들 또한 사는 고통이 싫어서, 스스로 목숨을 끊는 시도를 했을 것이다. 다만 실패확률이 너무 높았다. 실패한 자살로 인해 고통이 회피되는 것이 아니라 '높은 확률로' 고통이 더해졌다.

책을 읽고 자살시도 같은 건 하지 않기로 했다. 죽는 게 두렵지는 않았지만, 죽음에 도달하기까지 겪어야 할 고통은 두려웠다.

그래도 죽고 싶었다.

정확히 진술하면, 살고 싶지 않았다. 앞으로의 인생을 상상해보면 비참한 결말만 그려졌다. 도통 솟아날 구멍이 보이지 않았다.

인생을 가꿔나갈 에너지만 있다면, 맨바닥에서 맨주먹으로 일어날 수도 있는 것이 인간이다. 하지만 내 원자로는 고장 난 상태였다. '이렇게 살아서 뭐해?'라는 생각에 사로잡혔다.

일하면서 만났던, 나를 괴롭게 했던 사람들이 생각났다. 특히 마지막 2개월의 힘들었던 기간이 생각났다. 그때 특별히 나를 힘들게 하는 사람이 있었던 것이 아니었음에도 그랬다. 학대 받은 동물이 인간의 호의에도 민감하게 반응하는 것을 생각하면 된다.

스트레스가 극에 달한 사람은 이미 등에 다리가 후들거릴 무게의 짐을 지고 걸어가는 상태다. 이 사람에게 건강할 때는 문제 될 것 없는 작은 스트레스 상황이 생긴다.

그때마다 작은 짚단 하나가 누적값으로 등에 쌓인다. 마지막에는 '지푸라기 하나'를 얹었는데 쓰러질 수도 있다. 지푸라기를 얹은 사람은 "나는 이것밖에 안 얹었는데? 이게 뭐라고? 너무 오버하는거 아냐?"라고 할 수 있다.

그러나 산 송장처럼 겨우 버티고 있는 사람에게 마지막 지푸라기는 최후의 일격이 된다. 권투 경기 내내 맞던 선수가 마지막 라운드에서 솜펀치 맞고 쓰러지는 것과 같다. 얹은 사람 입장에서는 독박 쓰는 셈이다.

눈을 감으면 떠오르는 사람들, 순간들이 나를 괴롭혔다. '생각하고 싶지 않아' 한다고 생각하지 않을 수 있다면, 애초에 스트레스 받지도 않았을 것이다.

사람이 미웠다.

인간이 살아가는 곳 어디나(특히 인터넷 댓글란에서) 사람 죽으라고 등 떠미는 사람들의 악다구니가 보인다. 폭탄 돌리기 같다. 다들 자기가 받은 스트레스를 익명으로 타인에게 풀어내며 견딘다.

구글에서 '오늘도 평화로운 배달의 민족'을 검색해보라. 정신이 이상하고, 왜곡되고, 삐뚤어진 사람이 많구나. 하는 것을 볼 수 있다. 사람들의 혼탁한 정신을 받아내며 온전한 정신을 지켜내는 것은 매우 어려운 일이다. 모든 자영업자들. 존경한다.

자신을 지키는 법을 알아야 한다. 소화하고, 정화할 수 있는 용량을 초과해 타인의 독을 받아내면 정신이 체한다. 마음이 병든다. 그걸 못했다. 착한 사람 콤플렉스에 단단히 빠져 있었다. 받지 말아야 할 것들을 거부하지 못했고, 표현하지 못했다.

인구 절벽이라며 호들갑 떨 게 아니라, 스스로 죽음을 선택하는 사람들을 방치하는 사회를 다같이 봐야 한다. 직면해야 한다. 죽고 싶을 정도로 괴로운 상황인데, 죽으라고 등 떠미는 사람들을 막아야 한다.

이 시기에 어쩔 수 없이 누군가를 만날 때마다, 심지어 가족과 접촉할 때도 마음속으로 외친 말이 있다. '죽고 싶은데 등 떠밀지 말아주세요.'

그렇게 나를 지켜내기 위해 발버둥 쳤기에, 그리고 주변에서 이런 나를 지켜주었기에. 지금의 내가 살아있다.

파호랑의 한마디

나도 모르게
누군가를 죽일 수 있는
그런 시대야.

인스타: @pa.ho.rang

08.

이유

죽지
않기로
했다

앞장에서 '스스로 죽을 용기', 혹은 '스스로 죽음에 성공할 용기'가 없었음은 충분히 적은 것 같다.

삶을 살아가며 계속 깨닫게 되는 것은, 삶은 단순하지 않다는 것이다.

모든 사안에 마치 다이아몬드처럼 다양한 면이 있다. 그저 밝게만 느껴지는 태양빛도 프리즘에 분사하면 수많은 스펙트럼으로 구성되어 있다. 가장 단순해보이는 것조차 최소한의 이면이 있어 양면성을 띤다. 죽음도 그렇다.

엄밀히 말하면 '죽음'이 무서운 게 아니었다. 죽음의 과정에서 느껴질 고통이 무서운 거지. 그러나 만약 '고통 없이' 죽을 수 있는 약이 있다면 나는 그것을 먹을 것인가? 고민했다.

먹지 않는다는 결론에 도달했다. 이유는 아주 높은 확률로, 자살한 사람의 주변인이 우울증을 겪게 될 확률 + 자살할 확률이 높아진다는 사실을 알게 되었기 때문이다.

효도, 가족애 같은 단어와 거리가 먼 사람이다. 그런 나 같은 사람에게도 가족은 뗄래야 뗄 수 없는, 굵은 쇠사슬로 서로 묶여있는 관계다. 애정 하나 느껴지 못하며, 오히려 증오하다가도 아프다는 소식을 듣는 순간 억장이 무너지는 것이 가족이다.

부모에게 효도는 못해도, 내가 겪고 있는 우울증이라는 지옥을 선물할 수는 없다는 생각이 들었다. 좋은 것 하나도 못해주고 호강 못 시켜드려도 된다. '최악의 것만 드리지 말자'

이런 마음이 올라왔다. 동생에게도 마찬가지였다.

그러면서 깨달은 것 하나, 인간이란 단어의 의미.

사람 인(人) + 사이 간(間). 합쳐 인간(人間)이라 부른다.

사람은 관계의 그물망 안에서 안전하고 행복하게 살아갈 수 있다. 돈이 아무리 많아도 관계의 그물망이 망가진 사람은 스스로 죽을 수 있다.

우울증을 얻을 당시 나는, 20대를 모두 쏟아부었던 교회 공동체와의 관계를 내 손으로 끊은 지 1년이 지나가는 시점이었다. 내면의 고향인 교회였지만 떠나며 마음에서 지웠다. 인간관계의 95%가 그 안에 있었다. 친구, 선배, 후배, 형 누나 동생들모두. 그때는 그 모든 것을 버릴 수밖에 없었다.

이것이 사실상 '사회적 자살'이었음을 아픈 시절 내내 절감했다.

내 의지로 끊었지만 뇌에 연결되어 있는 관계를 향한 유대감의 회로는 갈 길을 잃어 혼란했다. 외로웠다. 새로운 사람들을만나기도 했고, 교회를 떠나는 와중에 남은 관계들도 있었다.그래도 나는 세계의 90%를 잃었다.

깊고 풍성한 관계망을 이루던 대부분의 실을 끊어버렸다. 심리적으로 실향민 같은 상태였다. 깊은 외로움에 빠질 수밖에 없는 상황이었다.

한 번 끊은 관계 두 번 못 끊으랴. 새로운 터전에서 얻은 인연은 더 쉽게 끊어냈다. 그렇게 사람은 자기 무덤을 판다.

몇몇 친구와 가족이 마지막 남은 몇 가닥 실이었다.

높은 곳에서 뛰어내려도 그물망이 있다면 안 죽는다. 나는 외줄타기를 하는 사람과 같았다. 아슬아슬한 줄타기를 하며 계곡을 건너는 사람과 같았다.

끈이 나를 지탱하지 못하고 끊어졌다면, 바로 죽었을 것이다.

깨달음이 하나 더 있다. '가족의 의미'

관계의 그물망 중 가장 굵고 강한 것은 가족이다.

'사람이 태어나 가족을 이루고 사는 것은, 결국 '자신이 살아갈 이유'를 만드는 게 아닐까?' 하는 생각을 했다.

배우자가 먼저 죽어 살 길이 막막하고 죽고 싶다가도, 남아 있는 아이를 보면 살아야겠다는 생각만 들었다는 이야기. 자녀를 먼저 보내고 늙은 배우자의 병환이 깊지만, 그이를 돌봐줘야 하기에 끝까지 살아낸다는 노부부의 이야기. 흔하게 접할 수 있는 스토리다.

(당시 나를 지탱해주던 원래 가족이 없었어도) 내가 꾸린 가정이 있었다면 그들을 위해 살아가는 것 말고 다른 방법은 없었을 것이라는 생각이 든다. 사람이 결혼하여 가정을 꾸리는 이유에는 여러가지 측면이 있겠지만, '이런 의미도 있겠다.' 싶었다.

이런 생각들이 정리된 후, 나는 삶이 무서웠지만 죽겠다는 생각은 더 이상 하지 않게 되었다.

가족에게 빌붙어 살아가는 인터넷 속 한심한 인간 썰이 내 모습이 되었다. 자괴감이 들고 치욕스러웠지만 살아보기로 했다.

그들에게 내가 겪고 있는 이 지옥을 전달하고 싶지는 않았다. 이 불은 결코 옆으로 번지게 할 것이 아니었다. 내 안의 모든 것을 태우더라도 여기서 멈춰야 할 종류의 것이었다.

만약 그때 가족들이 내게 보낸 언어적, 비언어적 메시지가 죽으라는 것이었다면 분명 죽었을 것이다.

다행스럽게도, 가족은 나를 품어 주었다.

이것이, 죽지 않기로 한 이유다.

파호랑의 한마디

좋아하는 사람들에게
연락해봐. 이유 없어.
그냥, 보고 싶었다고.

인스타: @pa.ho.rang

1부 마치며

미노타우로스가 사는
동굴 지도를 그리려면

호랑이를 잡으려면 호랑이 굴에 들어가야 한다.

내 가장 어두웠던 시절에 텍스트라는 몸을 입혀, 내면 밖으로 꺼내고 싶었다. 이런 욕구는 오래된 것이고 이미 여러 번 시도한 것이다. 매번 작업에 실패했다.

이 시절을 글이 아닌 말로, 지인과 나눌 때 들은 말이 기억난다.

"친구 어머니 얘기가 생각나네요. 그분도 정말 힘들었던 시기가 있으셨는데, 그 시기를 기억해보려 하면 그저 까맣다고 했대요. 인간 삶에 그런 시기가 있는 것 같아요"

나는 답했다. "무의식이 의식을 지키기 위해 '비공개' 처리 하는 건지도 몰라요"

이후 오랫동안 이 시절을 글로 써낼 마음이 없어졌다. 외상 후 스트레스 장애처럼 내상 후 스트레스 장애 같은 것도 있지 않을까? 괜히 잠들어있는 화약고를 살핀다고 불을 켰다 폭발해버리면 어쩌나 하는 두려움이 생겼다.

시간이 꽤 오래 지났고, 이번에는 '써야겠다'는 마음이 강하게 들어 적기 시작했다.

1장, 2장, 3장을 쓸 때는 아무렇지도 않았다. 하루 일과에 추가된 작업일 뿐이었다. 4장쯤부터 정신이 많이 힘들었다. 그때를 더듬는 것뿐이었는데 신경이 팽팽히 곤두섰다. 팽팽하게 당겨진 고무줄은 약간의 힘만 더해도 툭, 하고 끊어진다.

7장을 쓰고서는 도저히 더 쓸 수 없는 상태가 되었다. 9장부터는 회복의 이야기인지라, 1부를 마무리하는 게 고비였다. 딱한 장 남았는데, 8장만 쓰면 되는데 도통 진도가 안 나갔다.

미노타우로스 신화가 떠올랐다. 내가 깊이 들어가 길을 잃은 동굴. 나를 잡아먹을 괴물이 산다는 미궁. 운좋게 빠져나왔지만 여전히 많은 사람들이 그곳에서 길을 잃고 헤매며 죽어가고 있는 그곳.

지도가 있으면 좋으련만.

내가 그린 지도가 정확하지 않아 오차율이 있더라도, 없는 것보다는 나은 수준일 뿐이라도 지도가 있으면 좋으련만.

나는 운이 좋았다고 생각한다. 신화에서처럼 붙잡고 나올 실한 가닥이 있었다. 앞서 말한 가족이다.

그런데 세상에는 '가장' 사이가 나쁜 사람이 가족인 이들도 있다. 그런 사람들은 어떡할까. 그들에게 내가 써내는 글들이, 붙잡고 나올 수 있는 가는 실이 되어줄 수 있지 않을까? 지도가 되어줄 수 있지 않을까?

글을 써낼수록 이런 마음이 점점 커져간다.

지도를 그리려면 동굴에 다시 들어가야 한다. 이번에는 그때와 달리 큰 횃불을 들고 있고, 허리에는 클라이밍 선수들만큼 굵은 줄이 묶여 있으며, 보호 장구도 튼튼히 갖췄다.

그럼에도 깊이 들어가자 산소가 부족한지 불이 점점 희미해진다. 허리의 생명줄은 오히려 불편하게 느껴진다. 보호 장비가 마모되기 시작한다. 어쩌면 여기서 돌아가야 하는지도 모르겠다.

7장을 쓰고 8장을 쓰기까지 계속 이런 상태였다. 딱 한 장만 더 쓰면 되는데…… 돌아가야 하나?

여기서 또 운이 좋았다. 리프레시가 될 수 있는 시간이 선물처럼 주어졌다. 숨통을 틔울 수 있었다. 계기를 마련해준 친구 덕에 내가 들어갔던 동굴의 지점까지 들어갔다가 무사히, 안전히, 건강하게 나올 수 있었다는 생각이 든다.

친구에게 감사의 마음을 전한다.

8장까지 읽었다면 미궁의 가장 깊은 곳(내가 들어가본)까지 함께 들어간 것이다.

앞으로는 나오는 이야기만 남았다. 같이 밖으로 나가자.

계기

둘의 결혼이
나를 살린 셈

전환점, 반환점

우선 '친구'라는 단어의 정의를 내 언어로 해본다.

[친구] : 마음을 나눌 수 있는 존재

그리하여 할아버지와 아이가 친구가 될 수 있다. 부모 자식도 친구가 되어간다. 고양이와 인형, 심지어 나무와 돌멩이가 친구일 수 있다. 돌멩이에게 마음을 털어놓는 것? 가능하다.

아무 말은 이 정도로 하고, 대부분의 인간관계를 내어 버린 내게, 남은 사람들은 정말 유의미한 존재였음을 기억한다. 그렇다면, 다른 사람들은 필요 없었던 걸까?

그때는 전부 '허수'일 뿐이라고 생각하는 오류를 범했지만,

지금은 '느슨한 연결'이 사람이 살아가는 관계망 속 튼튼한 하부구조 역할인 것을 안다.

당시에는 '내가 죽으면 울어줄 사람일까?' 하는 질문을 했었다. 아니라면 허수 취급을 했다.

생각해보면 사실 나도 부고 소식을 들어도 슬프지 않을 것 같은 사람과의 관계는 당연히 있는 법이다. 그것이 전부 허수는 아닐 것이다. 편협한 마음이었다.

남은 사람들을 다른 말로 바꾸면 BF(Best Friend)다. 오랜만에 만나도 어색하고 불편하지 않은 BF 둘이 결혼하는 날이 다가왔다.

결혼할 줄 안지 오래였다. 다가온 날이 하필 그때였다.

둘이 결혼하는게 아니라 각각 다른 사람과 결혼했으면 BF고 뭐고 두 결혼식 모두 안 갔을지도 모른다.

에너지레벨이 떨어진다는 것은 이런 것이다. 보통 사람은 아침에 일어나 출근해서 일과 마치고, 저녁에 사람을 만나거나 운동을 하거나 취미생활을 한다. 활력이 있기에 가능한 일이다.

당시 나는 하루 2시간짜리 일과 하나도 버거웠다. 슈퍼나 미용실처럼 어쩔 수 없는 외출이 생겨 한 번 나갔다 오면, 뭘 더 하고 싶지도 않고 할 수도 없는 상태에 이르렀다.

몸이 썩게 한 정신이 몸을 썩히는 수준에 이르렀다.

집 밖으로 나가려고 마음 먹는 것부터가 '의욕'의 영역이다. 의욕을 잃은 사람에게 외출 준비는 오랫동안 큰 마음을 모아야만 가능한 거창한 일이다. 밥 먹기 싫고, 씻기도 싫은데 외출은 무슨? 사는게 전부 피곤할 뿐이다.

정상인들은 알 수 없을 영역이다. 게으르게 볼 수밖에 없다. 살 가치가 없다고 볼 수도 있다. 그 사람의 몸에 들어가 살아보지 않는 이상 결코 이해할 수 없다고 생각한다. 보통의 인생에선 병에 걸려 쇠약해지거나, 노인이 되어 기력이 쇠했을 때 알게 될 영역이리라.

어쩌다 보니 그것을 빨리 경험하며 깨달았을 뿐이다. 덕분에 건강을 잃어본 일이 없는 사람들보다 건강의 중요성을 훨씬 빨리 인지하게 되었다. 일본에서 '경영의 신'이라 불리는 마쓰시타 고노스케가 "태어났을 때부터 몸이 몹시 약해서 항상 운동에 힘썼고, 늙어서도 건강하게 지낼 수 있게 되었다."라는 말을 했는데, 무슨 말인지 이때 이해할 수 있었다.

그 시절 내게 온 결혼 소식이 꽤 있었지만 전부 가지 않았다.

그러나 하필, BF 둘이 결혼하니 안 갈수가 없었다. 무리해서라도 가고 싶었다. 생애 마지막 결혼식 참석한다는 마음으로 갔다. 이 지점에서 당시의 나로서는 전혀 인지할 수 없었던 '신의 한 수'가 내 인생 바둑판에 놓이게 된다.

살집이 많아 스트레스인 사람이 있고, 말라서 스트레스인 사람이 있다. 전자는 돼지라는 멸칭으로, 후자는 멸치라는 멸칭으로 불린다. 나는 후자였지만 딱히 스트레스 받지는 않았다. 마른 사람 콤플렉스 같은 것도 없었다. 마른 내 몸이 좋았다.

운동을 안 해서 그렇지, 하면 적당히 근육이 붙는 내 몸이 좋았다. 내 몸을 싫어해본 적 없다. 오히려 좋아했다.

몸이 가벼웠을 땐 가슴 높이까지 오는 벽을 달려가며 한 손으로 짚고 반대편으로 넘어가는 동작이 가능했다. 파쿠르처럼 몸을 가지고 재밌게 놀았다. 남들이야 어떻게 보건 나는 그런 내 몸이 좋았다.

결혼식에 가려고 거진 1년만에 셔츠를 꺼냈다. 아프기 한참 전부터 배에 낙타 혹마냥 지방의 산이 쌓여 있었다. 폐인 생활을 하며 산의 등고선이 높아졌다. 셔츠를 입어보고 깜짝 놀랐다.

"이게 뭐지?"

TV에서 보던 부장님 핏이 거기 있었다.

마른 사람이라 셔츠를 사도 슬림핏을 주로 샀다. 거울을 보니 슬림핏은 도저히 입을 수 없는 옷이었다. 내 몸에 맞지 않는 옷이 되어있었다. 가디건을 꺼냈다.

'폐인 생활 전에는 잘 가리면 가능했으니 어떻게든 커버할 수 있지 않을까?' 생각했지만 불가능했다. 결국 셔츠는 포기했다. 가장 넉넉한 티셔츠를 입고 가디건으로 몸을 둘렀다. 그래도 낙타 혹은 감춰지지 않았다. 배가 올챙이마냥 볼록 튀어나왔다.

바지를 입었다. 단추가 잠기지 않았다. 모든 바지가 그랬다. 어찌어찌 겨우 옷을 입고 결혼식에 갔다 왔다. 진이 빠져 씻으려 옷을 벗었다. 그때 처음으로 내 몸을 직면하게 되었다.

자신을 싫어하는 사람은 거울 보기를 싫어한다. 오랜만에 거울을 통해 내 몸을 보았다. '몸이 예쁘다'는 말의 의미와, '몸이 못생겼다'는 말의 의미가 무엇인지 그때 깨달았다.

식생활이 망가진 지 오래였다. 주로 먹는 건 탄수화물, 나트륨, 당분 덩어리인 라면·과자·콜라 같은 것이었다. 운동량이 없으니 근육은 쭉 빠지고, 배에는 내장지방과 복부지방으로 구성된 지방 벨트가 둘러졌다. 레슬링 선수들이 차는 큰 벨트 위에 삼겹살 20근을 붙여놓은 것 같았다.

마른 사람이 배만 나오면 ET 체형이 된다. 보기가 싫었다. 죽을 때 죽더라도 이 뱃살은 빼고 죽어야겠다 싶은 마음이 한가닥 일렁였다. 이것이 신의 한수가 되어 나를 살렸다.

계기는 이렇게 우연하게 오기도 한다.

둘이 결혼해서 참 다행이다. 니들 덕분이다. 살아있다.

2부

상
승

09.

창문

청소력을
아시나요

인간은 청결에서 안전함을 느낍니다. 청결은 실제로 안전이기 때문입니다. 소독하지 않은 칼, 더러운 손으로 수술하면 상처는 꿰매도 죽을 확률이 높아집니다. 더러운 물을 마시고 더러운 공기를 마시고 더러운 음식을 먹으면 몸에 영향을 미칩니다.

이런 종류의 정보가 오랜 세월 지구에서 살며 축적된 우리 유전자에 쌓여 있습니다.

정신력으로 극복할 수 있는 문제가 아닙니다.

방에 틀어박히는 것 자체가 위험한 일입니다. 환기도 제대로 안하고 문을 꼭 닫고 지내는 것, 심각한 위험신호입니다. 반대의 상황을 생각해보면 쉽습니다. 실외활동을 열심히 하고, 집에서 지내는 시간에도 환기를 잘 하며 지내는 사람이 건강하지 않은 모습, 상상이 가시나요?

사람은 마음의 문이 닫히면 물리적 문도 닫고 지내고 싶어합니다. 그럴 때 억지로 열라고 해봤자 소용없습니다. 그러나, 회복의 시작은 언제나 문을 여는 것이라는 점을 기억하면 좋겠습니다.

폐인 생활 첫 1주일을 편의점 음식으로 연명했습니다. 계속 이렇게 살 수는 없다는 생각이 들었습니다. '그럼 어디서부터 뭘 어떻게 해야 하지?' 스스로에게 물었습니다. 이때 〈청소력〉의 내용이 떠올랐습니다. 제목 그대로 '청소의 힘'을 증언하는 책입니다.

스크랩해놓은 메모를 뒤져보니 이런 흐름이었습니다.

- 일단 무조건 환기
- 다음 쓰레기 제거
- 세 번째 오염 제거
- 마지막 정리정돈

순서대로, 창문부터 열었습니다. 일주일간 고여있던 공기를 밀어내며 바깥 공기가 들어오기 시작했습니다. 아무리 미세먼지가 많아도, 아무리 좋은 공기청정기가 있어도 실내와 실외 공기는 다릅니다. 꽉 막혀있던 공간에 공기가 통하기 시작했습니다.

쓰레기를 제거할 차례입니다. 편의점에서 사온 비닐 속에서 나온 것들이 널브러져 있었습니다. 쓰레기를 밀어내며 누울 공간을 확보해야 했습니다. 방을 뒤덮고 있는 플라스틱, 비닐 등을 함께 사온 편의점 비닐봉지에 넣기 시작합니다.

방문을 잠그기 전에 쌓은 쓰레기도 있었기에, 봉지가 더 필요했습니다. 전부 모아 몇 봉지를 버리고 보니 이제야 바닥이 보이기 시작합니다.

세 번째는 오염 제거인데, 아직 할 수 있는 단계가 아닙니다. 바닥을 덮고 있는 잡동사니와 옷가지부터 치워야 했습니다. 벽에 걸 수 있는 건 전부 벽에 걸고, 잡동사니도 일단 책상 위에 전부 올려놓습니다. 바닥 면적이 확보되어야 쓸고 닦을 수 있으니까요.

드디어 바닥을 쓸고 닦습니다. 말해 뭐할까요. 정말 더러운 상태였습니다.

이쯤에서 〈청소력〉의 내용을 조금 옮겨봅니다.

"간호사 일을 하는 친구의 말에 따르면, 정신질환의 프로세스는 방을 청소하지 않는 것으로부터 시작되어,

옷차림도 차츰 불결하게 된답니다.

목욕도 안 하게 되고, 여성의 경우에는 화장도 안 하게 되고,

마치 더럽게 되려고 노력하는 것처럼 보인다고 합니다.

게다가 그런 사람들은 누군가가 자신의 방을 깨끗하게 하면

엄청 화를 낸다고 합니다.

그리고 회복되어질 때에는

그 반대의 프로세스를 겪는다고 합니다.

우선 자기 스스로 목욕을 하고, 청결해지려고 한답니다."

〈청소력〉, 마쓰다 미쓰히로, 나무한그루

한마디로, 스스로 자신을 버린 상태라고 할 수 있습니다. 저 또한 스스로를 꽤나 심하게 버린 상태에서 '조금' 빠져나온 것일 뿐입니다. 저의 회복 프로세스 첫 단추였습니다.

일단 청소를 해놓고, 오랜만에 넓어진 방에 누웠습니다. 문득 깨달은 것은, '내가 나를 완전히 잃어버렸구나' 하는 감각이었습니다.

저는 심하게 깔끔 떨던 유형의 사람입니다. 물건마다 위치를 정해둡니다. 씻는 것도 그렇습니다. 매일 아침저녁으로 비누칠해서 샤워를 두번씩 했습니다.

그러면 오히려 피부 보호막이 파괴되어 안 좋을 수 있다고 합니다. 의사 선생님께 물로만 씻거나, 좀 덜 씻으라는 말을 듣고 요즘은 그렇게 하려고 노력합니다. 깔끔 좀 그만 떨라고 한 소리, 아니 여러 소리 듣던 사람입니다.

그런 나는 어디로 간 걸까요. 누워서 잃어버린 나에 대해 생각했습니다.

앞서 인용한 〈청소력〉의 구절처럼 잘 씻지도 않았습니다. 부끄럽지만 양치도 잘 안했습니다. 더러운 꼴로 지냈습니다. 내가 나를 놓아버린 상태, 나 자신을 유기한 상태라는 것은 이런 것입니다.

그래도, 창문을 열어서 다행입니다.

〈청소력〉의 다른 부분을 좀 더 인용하며 이번 장을 마칩니다.

"만약 당신이 지금 고통 속에 빠져 있다면,
우선 청소부터 시작하십시오.
만약 당신 주변에 우울증을 겪고 있는 분이 있다면
청소를 권하십시오.
그 사람이 청소를 할 기력이 없다고 하면,

당신이 청소를 대신 해주세요.

상쾌하게, 확실하게, 선명한 공간을 매일 만드십시오.

조금이라도 좋습니다.

반드시 가장 밑바닥에서도 기어올라올 수 있습니다.

믿으세요. 청소에는 힘이 있습니다."

문체에 관하여

이 글만 문체가 다릅니다. 〈청소력〉은 일본 저자의 책이고, 일본 책 특유의 번역투가 묻어 있습니다. 이 챕터를 쓰기 전, 참고할 부분을 위해 스크랩 해놓은 부분을 다시 읽고 썼습니다.

먹은 대로 나온다는 말이 있습니다. 쓰고 보니 〈청소력〉의 문체가 그대로 묻어나온 느낌입니다. '고칠까?' 생각을 몇 번 했습니다. 시도도 했습니다. 그런데 잘 고쳐지지 않았습니다.

고치면 전달력이 떨어질 것만 같았습니다. 그래서 이 챕터만 문체가 이렇습니다. 이상하다고 느낄 분이 있을 것 같아, 이렇게 작업 로그를 남깁니다.

파호랑의 한마디

〈청소력〉 진짜 좋은 책
강추 강추!

인스타: @pa.ho.rang

10.

생명

집밥 백선생을
삼시세끼
부탁해

생명력을 품고 있는 무엇과 가까이 하고 싶은 마음. 본능에 각인된 갈망이었다. 문제는 여전히 기력이 없다는 것.

도심 속에서 자연을 누리기 위해 사람들은 텃밭을 가꾼다. 화분을 놓고 반려 식물을 들인다. 이런 수준의 적극적 행동, 자신의 모든 것을 잃고 패배감과 무기력, 우울에 빠져있는 사람에겐 무리다.

스스로를 유기한 마당에 다른 생명을 돌보고 가꾸고 싶을 리가 없다. 쉬운 길로 선택한 방법은 신선한 식재료와 가까워지는 것이었다. 매일 편의점 음식과 패스트푸드, 라면과 떡볶이, 콜라와 맥주에 절여 있던 내 몸은 신선한 식재료를 갈망하고 있었다.

그때까지의 내게, 샐러드란 결코 돈 주고 사먹을 수 없는 음식이었다. 풀을 왜 돈 주고 사먹지? 그러던 내가 이때 처음으로 채소를 사보았다. 파, 당근, 양파 등 특별한 것도 아니었다.

먹고 싶기도 했지만, 그것들과 접촉하고 싶었다.

그것들에 묻어있는 '생명력'을 보고, 맡고, 만지고, 듣고, 맛보고 싶었다. 채소의 살아있는 색감을 보고 싶었다. 그것들의 향을 맡고 싶었다. 신선한 식물을 만지고 싶었다. 손질하고 채 썰 때 나는 소리를 듣고 싶었다. 먹고 싶었다.

그때까지의 나는 조리 기술이 '제로'였다. 할 줄 아는 음식, 자신 있는 음식이라곤 라면뿐이었다. 기껏 하는 건 라면에 이것저것 넣어먹는 것 정도.

이제는 '좀 더 건강한' 음식을 먹고 싶었다. 몸이 그것을 원했다.

당시는 쿡방의 전성기였다. 신선식품과 친해지기 시작하며 〈냉장고를 부탁해〉, 〈집밥 백선생〉, 〈삼시세끼〉 세 프로그램을 봤다.

'냉장고를 부탁해'는 재밌어서 봤다. 가랑비 옷 젖어들 듯, 음식 할 때면 여기서 본 스킬이 생각나곤 했다. 셰프들을 통해 조리의 기본 원리를 배울 수 있었다. 특히 김풍의 야매 스킬은 맛내는데 큰 도움이 되었다.

'집밥 백선생'은 본격 음식 수업이었다. 배우러 나온 패널들이 나와 다를 것 없는 초짜라서 많은 도움이 되었다.

'삼시세끼'는 내 마인드를 바꿔주었다. 우울증에 빠진 백수. 건조하게 말하면 이것이 당시 나의 정체성이자 실체였다. 다시 일하고 싶지도, 일할 수 있을 거라 기대하지도 않는 상태였다. 취업할 의지도 없었다. 시간이 남아돌아 시간을 죽이려 게임을 했다.

그래도 시간이 남았다. 이걸 다 어떻게 쓰지?

삼시세끼를 보면 알겠지만, 패스트푸드와 배달 음식을 먹지 않는 삶은 그 자체로 바쁘다. 직접 음식 해먹고 치우기만 해도 하루가 끝난다.

시간을 이렇게 써도 되겠구나. 게임하는 것도 지치는데 잘됐다 싶었다.

세끼까지는 못 만들어 먹었다. 매끼 이렇게 해 먹는 것은 에너지가 많이 필요한 일이다. 그래도 한끼 정도는 건강한 식재료로 만들어 먹는 생활이 시작되었다.

식생활을 돌이켜보면 탄수화물, 나트륨, 단백질, 당분만 몸에 넣어주고 있었다. 비타민, 무기질은 보이지 않는다.

문자 그대로 젊으니까 '그나마' 버텼고, '조금' 망가진 것이었다. 몸이 고장 날 수밖에 없는 식생활이었다. 먹던 음식 중 가장 건강한 게 햄버거였으니 말 다했다.

탄수화물 나트륨 단백질 당분. 넷을 조합해 나오는 대부분의 음식은, 내 표현으로 하면 '죽은 음식'이다. '살아있는' 음식들을 먹기 시작했다. 라면 토핑으로 시작했을지언정, 먹기 시작했다.

생리학적으로 일어난 몸의 변화를 비타민, 무기질, 마이크로바이옴(장내세균, 몸 안에 사는 세균과 바이러스 등의 미생물) 등의 개념을 동원해 설명할 수 있지만, 여기서는 이렇게 표현하고 싶다.

'생명'이 담긴 음식을 '직접 만들어' 먹기 시작했다. 그 안에 들어있던 '생명'이 날 살려내기 시작했다.

'직접 만들어' 먹는 행위 자체도 날 살려냈다.

아무리 맛있는 요리가 배달로 오는 시대여도 대체할 수 없는 충만감이 그 안에 있었다.

그렇게 조금씩, 살아나기 시작했다.

파호랑의 한마디

직접 식재료를 다듬어
음식 해먹은지
얼마나 됐어?

인스타: @pa.ho.rang

11.

복구

망가진 뇌
햇살로
치유하기 1

11월, 12월, 1월, 2월.

8개월의 폐인 생활 중 전반부 4개월은 지옥에서 보낸 시간이었다.

지옥은 멀리 있지 않았다. 내면에 있었다. 마음 한 꺼풀만 벗기면 썩어있는 것들이 악취를 내며 존재감을 드러냈다. 도려내는 수술은 기력을 회복하고 나서야 진행할 수 있었다. 환부가 컸기에 당시에는 외면하고 덮어둘 수밖에 없었다.

추운 날씨는 우울증의 부스터다. 추운 나라에 사는 사람들, 일조량이 부족한 사람들이 우울감을 더 많이 겪는다고 한다.

원체 추위를 많이 타는 체질이기도 했다. 건강할 때도 여름에 팔팔했다 겨울엔 죽어가는 사이클을 반복했다. 몸이 망가져서 보일러를 켜면 상체는 열이 펄펄 끓고 하체는 얼음장 같아 괴로웠다.

누워만 있는 것, 앉아만 있는 것은 담배 피우는 것보다 몸에 안 좋다고 한다. 그때는 몰랐다. 대부분의 시간을 그렇게 보냈다.

몸이 망가지며 비염과 수족냉증에 시달렸다.

아침에 눈 뜨는 순간 비염이 발동되면 오전에 두루마리 휴지 한 통씩 썼다. 몸 속의 모든 수분을 콧물로 만드는 공장이 된 것 같았다. 더럽고 추해서 자괴감이 느꼈다. 망가진 내 몸이 싫었다. 자기혐오가 극에 달했다.

그 지경에 이르도록 나를 망가뜨린 주체는 나다. 무슨 사고를 당해서 그런 것도, 유전의 영향도 아니다. 술 먹고 담배 피우고 운동 안 하고 나쁜 음식 먹으며 20대의 건강을 허비한 것은 나 자신이었다.

지금은 반성할 뿐 남 탓하지 않지만, 당시에는 '튼튼하게 태어나지 못했다'고 생각하며 부모를 원망했다. 타고난 건강 체질과 근육질은 아니었어도, 이제껏 병치레 한 적 없다는 사실은 무시했다.

이 겨울, 예상치 못한 사건도 하나 일어났다. 치과에서 대대

적 정비를 한 게 1년도 안 됐었기에, 한동안은 치과 고생은 없다고 생각하고 있었다. 그런데 갑자기 어금니가 아팠다. 이번 것은 경험해보지 못한 강도의 통증이었다. 참으면 괜찮아지겠지. 그렇게 아파만 하며 몇 밤을 보낸 후에야 치과에 갔다.

잘 정비했다고 생각했던 이가 안에서부터 썩어 있었다. 인생 첫 신경치료를 했다. 신경치료 자체는 마취를 하고 하니 괜찮았지만, 썩어가는 과정에서 느낀 통증은 다시 생각해도 섬뜩하다. 사랑니 빼는 것보다 아픈 게 있을까 싶었는데 그보다 아픈 것이 있었다.

치과 치료는 힘든 일정이다. 입을 벌리고 온몸에 힘을 주다 건물을 나설 때면 진이 빠져 있었다. 가뜩이나 인생 최저 체력인데 죽을 맛이었다.

금전적으로도 뼈아팠다. 일하고 지낼 때도 치과는 지갑을 탈탈 털어간다. 치과는 의료보험이 매우 제한적으로 작동하는 세계다.

폐인 생활을 시작할 때 수중에 300만원 조금 넘게 있었다. 한 달에 30만원 이하로 쓰면 1년 버틸 수 있겠다는 계산이 나왔다. 신경치료를 마치고, 크라운을 하고, 여타 필요한 치료들을 하고 나니 100만원에 달하는 예상치 못한 비용이 나갔다.

가족에게 얹혀사는 신세였다. 그런 상황에서 내 쓸 필요까지 손 벌리고 싶지 않았다. 계산이 달라졌다. 1년을 견딘다면 한 달 예산은 20만원이 되어야 했다. 통신비와 인터넷 비용, 학자금 대출 이자 등을 빼고 나면 12만원 정도 남았던 것 같다. 처지도, 몸 상태도, 지갑도 처절하게 털렸다.

'자살각'이라는 표현이 있다. 무서운 말이다.

놀랍게도 인터넷 곳곳에서, 사람이 사람을 조롱하는데 쓰이고 있다. 비슷한 옛날 표현으로, '나가 뒈져라' 같은 것도 있다. 정말 무서운 것은, 나 스스로 자신에게 이것을 적용해 생각하고 있었다는 것이다.

같은 상황에서 어떻게든 일어날 생각을 하는 사람이 있을 것이다. 그것이 보통의 사람이다. 내가 '정상인'이라고 표현하는 범위에 있는 사람이다. 회복탄력성이 정상값에 있을땐 얼른 새 일자리 찾아 돈 벌 생각하는게 정상이다.

마음이 꺾인 사람은 그럴 수 없다.

다시 말하지만, 다리를 잃은 사람에게 '왜 노력해서 달리지 못해? 핑계 아니야?'라고 하는 것과 같다. 미친 소리다. 그런 미친 소리를, 내가 나 자신에게 하고 있었다. 매일 눈을 뜨는 순간 지옥의 형벌이 시작되는 것만 같은 끔찍한 겨울이었다.

구원은 내면에서 올 수 없었다. 봄과 함께, 외부에서 왔다.

복구

망가진 뇌
햇살로
치유하기 2

겨울이 끝날 무렵, 문자가 하나 왔다.

괜찮냐고, 날이 좀 따뜻해졌는데 햇볕이라도 쬐어 보라고.

나는 아직도 이해가 가지 않는다. 이해하려 할수록 멀어지는 느낌이 든다. 그 정도 인연이 아니었는데.

환대를 베푼 그분은, 내가 망가지도록 일한 그곳에서 두어 번 본 사이였다. 업무적인 얘기 말고 밥, 술, 차 등을 함께하며 인간적인 얘기를 나눈 적도 없다. 아주 작은 무엇도, 하다 못해 사은품같은 이익을 드린 적도 없다. 오히려 미팅을 마치며 책을 선물 받았다.

몸 상태를 깨닫고, 더이상 일할 수 없게 되었음을 말씀드린 적이 있는지도 모르겠다. 그렇다면 '그곳에서 일하던 사람'의 소식을 전해 들으셨을 것이다. 마무리하던 마지막 주에 그분과 인사를 나눴던 것도 같고, 아닌 것도 같다. 기억이 확실치 않다.

기억은 온전한 것이 아니다. 법정에서 증언한 증인의 기억이 잘못된 것으로 판별 나는 경우는 많다. 일부러 위증하는 경우도 있겠지만, 애초에 인간의 기억력은 불완전하기 때문이다. 공백을 메우려는 인간의 노력은 기억을 '생성'하게 된다.

다른 정보들을 조합해서 만들기 때문에, 파괴적인 생각으로 가득한 사람은 실제보다 나쁘게 기억하곤 한다. 건강한 마음을 갖고 있는 사람은 최악의 잿더미에서도 좋은 요소를 건져낸다. 디테일은 다를지라도, 따뜻한 톤으로 윤색되어 있는 당시 기억을 보니 새삼 감사한 마음이 든다.

나, 살아 있구나. 건강해졌구나.

민들레 씨 하나가 날아다니다 아스팔트 아래 심겨 꽃을 피우듯, 통신망을 타고 날아온 문자 하나에 담긴 작은 선의가 내 마음에 심겼다.

여전히 낮밤이 바뀐 상태였다. 밤을 꼴딱 새며 게임하다 날이 밝아 잠든다. 자리에 누웠다 일어나면 정오가 훌쩍 넘어 있다. 어떨 때는 오후 4시가 넘어 있었다.

아직 추운 봄 초입의 4시는 해가 끝물인 시간대다. 그래도, 조금이라도 집 밖을 나서 햇볕을 쬐기 시작했다. 남아있는 햇볕에라도 가까이 가기 시작했다. 5분이라도. 1분이라도.

집 뒤편 사람이 없는 한적한 공원 벤치엔 할머니들이 모여 계시곤 했다. 사람이 없는 벤치를 찾아 매일 그곳으로 갔다. 아주 조금이지만, 햇볕을 먹기 시작했다.

그때는 비타민D에 대해 전혀 몰랐다. 몸에서 만들어낼 수 없는 영양소가 있는지도 몰랐다. 비타민D는 피부에 햇볕을 쬘 때 합성된다. 모자라면 여러 안 좋은 점이 있는데 무엇보다 수면 효율이 떨어진다.

햇볕을 쬠으로써 생체시계가 제 감각을 찾는 것은 물론, 비타민D가 조금이나마 만들어지기 시작했다. 몸은 마음에 영향을 미친다. 소화만 좀 안 되도 우리 성격은 많이 나빠지지 않는가? 햇볕을 쬐고 있노라면, 고장 난 무언가가 고쳐지는 감각이 일었다.

마음에도 곰팡이가 핀다. 정신에도 곰팡이가 핀다. 맑은 공기와 따스한 햇살 아래 물러나지 않을 곰팡이는 없다.

눈에 보이지 않는 마음과 정신일지라도, 깃들어 거하는 곳은 몸이다.

인간이 영혼이라 부르는 것은 동물적 본질을 벗어날지 몰라도, 몸은 그 자체다. 몸은 물질적 존재, 유기체다.

그때까지의 나는 물리적인 것들을 중요하게 여기지 않았다. 관념의 세계, 형이상학적 세계에 살았다. 그런 내가 좋은 음식을 먹기 시작하고, 오랫동안 끊었던 햇볕을 쬐면서, 물리적 환경의 중요성을 절감했다. 이런 것들을 너무 오랫동안 무시하며 살았다.

햇볕은 비타민D에, 생체시계에, 호르몬에, 그리하여 내 몸 전체에 영향을 미쳤다. 죽어가던 뇌에 심폐소생술을 가한 것은 햇볕이었다.

최근 넷플릭스 〈D.P〉에서 이런 대사를 들었다.

"사람이 죽을 때 제일 많이 보는게 천장이래요."

맞는 말이다. 하늘 보고 있으면 죽기 힘들다. 하늘은 바라만 봐도 살 힘을 준다. 죽음에 가까운 사람은 천장만 보게 마련이고, 생명에 가까운 사람은 하늘을 마주하게 마련이다. 예상치 못한 문자 하나에 담겨 있던 온기가 햇볕까지 나아갈 마중물이 되었다. 햇살 맞으러 나가는게 일과가 되다 보니, 하늘의 얼굴을 피할 수 없어졌다.

잠깐이라도, 하늘이 내 안에 들어오기 시작했다. 나로서는 나비효과라고 말할 수밖에 없다. 나비를 보내주신, 그 시절의 은

인이 되어주신 그분께 감사의 마음을 전한다.

파호랑의 한마디

마음에도 곰팡이 핀다.
햇살과 바람만이
치료약이지.

인스타: @pa.ho.rang

12.

운동
처음엔
5분도
못 뛰었다

시간상으로는 '계기 : 둘의 결혼이 나를 살린 셈' 직후에 시작된 일이다.

한창 햇살 쬐는 일과가 정착한 상태였다. 천천히 걸어가서 자리에 앉았다가, 천천히 돌아왔다. 호흡을 가쁘게 하는 일은 하지 않았다. 땀을 내는 것이 싫었다.

운동량 제로 상태가 이미 오랫동안 이어졌다. 일하는 내내 그랬으니 족히 2년은 넘었다. 최대한 몸을 움직이지 않았다. 버스와 지하철을 애용했다. 음식은 탄수화물 나트륨 단백질 당분만 먹었다. 대부분의 시간을 앉아서 보냈다.

살찌기 완벽한 조건이었다. 계속 이렇게 가면 고지혈증이 될 수 있다는 검진 결과를 받았다. 그러거나 말거나 똑같이 살다가, 계기가 된 결혼식에 참석한 후에야 달리기 시작했다.

배와 내장에 가득 찬 지방을 빼내기 위함이었다.

햇볕 쬐던 벤치에서 조금 더 가면 개방된 학교 운동장이 있었다. 직장인들은 회사에, 학생들은 하교했을 시간에 가면 아무도 없었다. 거기서 뛰기로 했다.

오랜만에 달린 첫 날이 기억난다. 5분 정도 뛰었을까? 다섯 바퀴도 뛰지 못했다. 몸에 기운이 없어 그 이상은 무리였다. 의지로 극복하지 않았다. 무리하지 않았다.

다섯 바퀴는 땀이 막 나려는, 몸에 열이 좀 올라오려는 수준의 운동량이다. 옆에서 누가 봤으면 그게 무슨 운동이냐고 했을 것이다. 하지만 다섯 바퀴를 뛴다는 것은 당시의 내 의지력을 전부 소모하는 행동이었다. 더 뛰고 싶지 않은데 억지로 하려다, 아예 그만 둬버릴 것 같았다. 그래서 집으로 돌아왔다.

학교에서건 군대에서건 체력장 같은 것을 하면 1등은 못해도, 상위 20% 안에는 들어갔다. 축구를 좋아했기에 딱히 운동을 안해도 심폐 능력이 좋았다. 그러던 나는 어디 가고 어쩌다 이렇게 허약한 몸뚱이만 남았을까. 이런 상념은 부질없는 것이다. 예전의 나는 이미 죽었다고 생각했다. 오늘의 나만 있을 뿐이다.

오늘의 나는 다섯 바퀴를 뛰었으니, 내일의 나는 여섯 바퀴를 뛸 수 있지 않을까? 그런 의욕도 가지지 않았다. 한동안 계속 다섯 바퀴를 뛰었다. 당시 상태를 돌아보면 지속한 것만으로 기적이다.

어느 날, 좀 더 뛸 수 있을 것 같았다. 그래서 더 뛰었다. 여섯 바퀴? 일곱 바퀴? 아니다. 열 바퀴 정도 뛰었다. 열 바퀴 넘게 세는 것은 지루한 일이었다. 그래서 운동장이 아닌, 다른 코스를 찾아 뛰기로 했다.

멈추지 않고 뛸 수 있는 방해 없는 코스를 찾았다. 횡단보도가 없고, 차량 유동량이 적어야 했다. 새로 개척한 코스는 1km 정도 거리였다. 돌아오는 길도 뛸 수 있다면 총 2km 코스가 나온다. 당연히 처음에는 1km 뛰는 것도 어려웠다.

금방 지쳤다. 지치면 무리하지 않고 바로 걸어 돌아왔다.

그래도, 매일 했다.

점점 거리가 늘어났다. 어느 순간 반환점까지 달릴 수 있었다. 계속 하다 보니 반환점을 지나도 달릴 수 있었다. 결국 집까지 2km를 뛸 수 있는 상태가 되었다. 은유 작가님의 〈쓰기의 말들〉이란 책에 이런 말이 있다.

닫힌 방에서는

생각조차 닫힌 것이 된다.

– E.H.카

헬스장 러닝머신을 좋아하지 않는다. 풍경이 바뀌지 않기 때문이다. 시선을 러닝머신 속 TV에 고정하고 달리는 것, 별로다.

집에만 처박혀 있어 본 경험, 이전의 내 인생엔 없던 것이었다. 항상 일정을 만들고 사람을 만나러 밖으로 나갔다.

방문을 닫고 지내는 동안 생각은 고였다. 고인 생각은 나를 침식하게 했다. 내가 만든 생각의 지옥에 잠겨 죽어가는 형국이었다. '접시물에 코 박고 죽는다'는 옛말처럼 말이다.

흐름을 만들어야 했다. 몸의 흐름, 몸의 움직임.

소주와 먹으면 맛있는 멍게는 원래 뇌가 있다. 인간과 같은 척삭동물이다. 움직일 줄 안다. 그런데 정착을 하고 나면 멍게는 자기 뇌를 먹는다. 움직일 필요가 없어지기 때문이다.

인간의 뇌는 왜 이렇게 클까? 생각을 위함이 아니다. '움직임'을 위함이다.

한 가지 기능만 인간보다 뛰어난 동물은 많다. 치타의 달리기는 인간을 압도한다. 고릴라의 근력도 마찬가지다. 그런데 타고 있는 말의 안장을 허벅지로 컨트롤하며 활쏘기를 할 수 있는 건

인간뿐이다. 뇌는 고도의 연산을 수행하며 몸을 다스린다.

　뇌는 그것을 위해 있는데, 움직임이 없어지니 멍하니 지내게 된다. 즉각적 반응이 있는 게임에만 매달린다. 나머지 시간은 멍하니 생각에 잠겨 괴로워하는 존재가 된다. 악순환이다.

　달리기는 닫힌 방이 아닌 변화하는 풍경을 내 안에 집어넣어 주었다. 새로운 물이 들어오는 만큼, 고여있던 썩은 물이 빠지기 시작했다. 운동장 다섯 바퀴에서 시작한 달리기는, 한강을 찍고 오는 9km 코스로 늘어났다.

　9km를 논스톱으로 뛸 수 없다. 가는 길에 수많은 횡단보도가 있기 때문이다. 횡단보도 즈음에서 신호를 파악하며 페이스조절을 한다. 신호가 바뀌길 기다리며 제자리뛰기를 하거나, 체력 상태를 봐서 심호흡을 고른다. 신호가 바뀌면 다시 뛰어간다.

　신호의 파악, 호흡의 가늠과 조절은 달리는 도중 일어난다. 사방을 살피며 연산한다. 사거리에서 신호등이 켜지는 순서, 지금 차량의 움직임, 사람들과 부딪히지 않기 위해 뛰어야 할 경로를 계산했다. 풍경도 계속 변한다. 뇌는 구석구석 자극 받으며 활성화 된다. 뇌가 작동하기 시작했다. 운동신경이 돌아오기 시작했다.

　다만, 그렇게 했는데도 살은 안 빠졌다.

　9km 코스가 되면서 매일 뛰지 않았다. 격일로 뛰었다. 준비

하고 씻는 시간까지 하면 2시간 30분에 달하는 일정이었다. 오랜 시간 뛰고 돌아와 배를 만져보면 이상하게 차가웠다. 상체랑 머리에선 땀이 뻘뻘 나는데.

고심 끝에 운동 가르쳐준 후배가 헬스장에서 땀을 뻘뻘 흘리며 입던 땀복을 떠올렸다. 러시아 군인 겨울 모자처럼 안쪽으로 털이 숭숭 나있는 후드 집업를 입고 뛰었다. 더우니까 팔은 걷어도, 배는 꽁꽁 싸매고 뛰었다. 뛰다가 열을 식히고 싶어도 지퍼는 가슴팍까지만 내렸다.

그제야 살이 빠지기 시작했다. 샤워를 하려고 티셔츠를 벗으면 배 부분에 땀이 흥건하게 배어 있었다. 지방이 연소되기 시작한 것이다. 결국 4개월에 걸쳐 정상체중으로 돌아왔다. 배에 붙은 지방 10kg를 모두 빼냈다.

E.H.카의 말과 멍게 뇌 이야기, 기억하는가?

한강까지 뛰던 어느 날. 달리고 있는데 일그러진 큐브가 맞춰지는 것 같은 느낌이 들었다.

정신이 또렷해지고 의식이 명료하게 돌아오는 것을 느꼈다. 단절됐던 뇌 시냅스 사이의 연결이 회복되는 것이 느껴지는 것 같았다.

인생에서 가장 중요하게 생각하는 것이 정신을 또렷하게 유지하는 것이다.

정신이 흐리멍덩해진 것이 나의 가장 큰 문제였다. 안개 낀 것처럼 생각을 하려고 해도 제대로 되지 않았다. 이런 상태를 '브레인 포그(Brain Fog)'라고 하는 것을 나중에야 알았다.

그렇게 지내는 시간이 길어질수록, 다시는 예전의 상태로 못 돌아갈 것만 같았다. 무섭고, 괴로웠다. 머리가 빠릿빠릿하게 돌아가는 것 하나만 믿고 살던 사람이라 더욱 그랬다.

운동 안해도 코끼리같은 근육 있는 애들도 있다. 내가 그런 과였다면 몸으로 하는 일에 두려움 없이 부딪히며 살 수 있을 텐데. 이쪽은 가능성이 없었다. 강점으로 살아야 했다.

'두뇌 회전력마저 없으면 난 아무것도 아닌데, 내 전부가 망가진 건데.' 하는 공포가 심했다. 그러던 내가 전혀 생각지 못한 순간, 그것도 살 빼려고 달리는 중에 잠깐이나마 머릿속 안개가 걷히고 시야가 또렷해진 것을 느낀 것이다. 얼마나 기뻤는지 모른다.

그때부터 회복할 수 있다는 희망을 품었다. 다시 예전으로 돌아갈 수 있겠다는 가능성을 보았기 때문이다. 달리는 일과가 재밌어졌다.

다들 알다시피, 인생에서 '유익한 것'이 재미있기 시작하면 장땡이다.

최고의 패를 손에 쥐었다.

장땡이다.

파호랑의 한마디

꾸준히, 지속할 수 있도록
즐기면서 뛰어봐

인스타: @pa.ho.rang

13.

독서
죽음의 책에서
살아야 할
이유 찾기

언제나 책 속에 길이 있다고 믿는다.

요즘은 유튜브 속에도 길이 있다. 지식을 전달하는 방식이 텍스트에서 영상으로 넘어가고 있다. 영상이 텍스트보다 효과적인 영역이 있다.

예를 들면 운동 방법에 대해 배우고 싶을 땐 영상이 낫다. 스쿼트 자세를 책으로 배운다고 생각해 보자. 고퀄리티 일러스트, 고화질 컬러 사진 아무리 많아도 책으로는 답답하다. 책값만 비싸진다. 수영이나 서핑을 책으로 배우는 건? 상상도 어렵다.

여기까지 동전의 앞면이다. 동전의 뒷면을 볼까? 영상은 사람을 수동적으로 만든다. 아무리 보고 들으며 학습효과가 있는 것 같아도 끄는 순간 잊어버리기 쉽다.

TV를 괜히 바보상자라고 부르는 게 아니다.

뇌가 일하지 않는다. 수동적으로 흘러오는 정보를 잠깐 담았다 망각할 뿐이다. 수학 문제를 풀기 위해 펜을 잡고 이리저리 적어가며 골똘히 고민하는 상태와, 인강 선생님이 풀이하는 것을 듣고 난 후를 비교해 보자.

영상에서 푸는 모습을 볼 땐, 알게 된 것 같고 이해한 것 같다. 영상이 끝나는 순간? 남아있는 것이 없다.

책을 읽는 건 능동적인 운동이 결합된다. 텍스트 배열을 따라 눈이 계속 움직인다. 영상도 눈이 움직이지 않나? 말하신다면 스마트폰이나 TV보는 사람의 눈동자를 살펴보자. 눈동자가 거의 고정되어 있음을 발견할 것이다.

책은 아무리 작아도 눈동자가 좌우로 위아래로 끊임없이 움직이게 마련이다. 여기에 책장을 넘기기 위한 손의 움직임이 따른다.

형광펜으로 줄을 치거나, 메모를 하면서 읽는다면? 눈과 손의 운동이 강화된다. 책장을 넘길 때 '사락'하는 소리는 청각에도 효과를 준다. 이 모든 것이 결합되어, 영상 볼 때와 비교할 수 없는 뇌 활성화가 일어난다.

책의 본질은 지식의 정수다. 한 사람의 평생의 연구 결과가 담겨 있는 경우도 있다. 타인의 삶을 간접 경험할 수도 있다.

텍스트를 따라 읽다 보면, 읽는 순간만큼은 내가 저자가 된다. 응급의학과 의사가 쓴 책을 읽으며 의사가 된다. 세계일주를 한 사람의 책을 읽으며 여행가가 된다. 수천년 전 왕이나 장군들이 쓴 책을 읽으며 전쟁의 한복판에 서 있는 사람이 된다. 소설 속 인물이 된다.

영상으로 보면? 관찰자가 된다. 시점이 1인칭이라도 그렇다. 독서할 때 내면을 따라가는 경험과 비교하면 1인칭 관찰자일 뿐이다. 책과 영상의 차이는 '체험'하는 것과 '구경'하는 것의 차이라고 할 수 있겠다.

언제나 책 속에 길에 있다고 믿었다. 이번에도 그랬다. 우울증이라는 수렁에서 빠져나갈 길도 책에서 찾았다. 갑자기 독서 예찬을 한 이유다.

영상으로 우울증을 다룬 다큐나, 우울증 환자의 인터뷰를 보는 것은 구경이다. 우울증을 겪은 사람이 쓴 책을 읽는 것은 체험이다. 나는 인류 최초, 유일무이한 우울증 환자가 아니다. 분명 누군가는 살아내고, 견뎌내고, 이겨냈을 것이다. 그 중에 누군가 분명 경험과 기록을 글로 남겼을 것이다.

그들의 경험을 듣는 것, 분명 내게 도움이 될 터였다. 그들을 연구한 학자가 낸 책도 도움이 될 것이었다. 닥치는 대로 찾아 읽었다. 살기 위하여. 살아야 할 이유를 찾기 위하여.

우울증 자체를 다룬 책보다는, 삶의 의미를 탐구하는 책을 많이 읽었다. 결국 우울은 살아야 할 이유를 잃어버린 상태이기 때문이다. 내가 계속 살아야 하는지, 왜 살아야 하는지, 이 모든 것은 왜 이렇게 무의미하게 느껴지는지에 대한 해답이 필요했다.

3주에 한 번 도서관에 들러 책을 빌렸다. 정기적인 외출 일정이 있는 것 자체가 정신 건강에도 유익했다. 당시 읽은 책, 그후에 읽은 책 중 권할 만한 목록은 아래와 같다.

- 죽음의 수용소에서
- 한낮의 우울
- 좋은 이별
- 아임낫 파인
- 죽고 싶은 사람은 없다
- 행복의 기원
- 위대한 멈춤
- 나를 치유하는 글쓰기
- 만약은 없다
- 청소력
- 글쓰는 삶을 위한 일년
- 쓰기의 말들

- 글쓰기의 최전선

- 아직도 가야할 길

- 아무것도 하지 않는 시간의 힘

- 아들러 삶의 의미

- 끝나지 않은 여행

- 이젠 죽을 수 있게 해줘

- 저 하늘에서도 이 땅에서처럼

- 그리고 저 너머에

- 거짓의 사람들

- 지혜로운 생활

- 일의 기술

- 단순한 삶

- 뿌리가 튼튼한 사람이 되고 싶어

- 내가 일하는 이유

- 미움받을 용기

- 인생에 지지 않을 용기

- 비트겐슈타인의 조카

- 인생이 빛나는 정리의 마법

- 나는 단순하게 살기로 했다

- 염증에 걸린 마음

- 최강의 식사

- 지방의 누명

- 인생의 태도

- 배움의 발견

- 죽은 자의 집 청소

- 단단한 삶

- 나란 무엇인가

- 오랫동안 내가 싫었습니다

- 내 마음을 읽는 시간

- 백만장자의 마지막 질문

- 박막례, 이대로 죽을 순 없다

- 12가지 인생의 법칙

- 이것이 인간인가

독서 기록을 확인하며 세어보니 45권이다. 밑줄로 표시한 12권은 즉각적으로 도움이 될 것이다. 나머지는 한 줄이라도 해설이 필요하다. 해설을 달기 시작하면 종이가 모자랄 것 같아 일단 목록만 정리했다. 구미가 당기는 제목이 있다면 살펴 보라는 정도로 이해해주면 되겠다.

책이 날 살렸냐고 묻는다면 그렇다고 하겠다. 그러나 결코 전부는 아니었다고 하겠다. 2부 : 상승 파트는 총 8개의 챕터로 이루어져 있다. 단순 비율로 독서는 12.5%의 역할 정도다.

건강한 음식을 먹고, 달리고, 주변 사람들의 선의를 받고, 책을 읽으며 앞서 이 고통을 겪고 고민한 사람들의 발자취를 따라가는 것. 하나하나가 분절된 요소가 아니라 유기적인 상호 영향을 미치며 선순환을 만들어냈다. 멸망 직전에 처했던 생태계가 회복되어가는 그림이다.

여기서 책의 역할을 생각해 본다. 책을 정신의 자양분이라고 흔히들 표현한다. 씨앗도 심지 않고 비료만 많이 주면 아무것도 자라지 않는다. 씨앗도 뿌리고 비료도 주고 햇빛도 있고 물도 있고 가꾸는 손길도 있어야 한다. 그래야 결실을 볼 수 있다.

책은 비료였다.

책을 읽으며 살아갈 이유를 끊임없이 얻었다. 비료를 뿌려도 밭에 돌이 많아 씨앗이 잘 자라지 못하기도 했다. 물이 없어 비쩍 마르기도 했다. 그래서 돌도 골라내고 물도 대며 계속해서 씨앗을 뿌리고 비료를 줬다.

결국 내 마음밭은 다시 싹을 틔우기 시작했다. 다시는 농사짓지 못할 것 같던 밭에서 말이다.

끝이 보이지 않는 터널을 통과하는 것 같은 경험이었다. 통과하고 보니 8개월이었지 사실 얼마나 시간이 걸릴지 당시에는 결코 가늠할 수 없었다. 나는 8개월이 걸렸지만 어떤 사람은 8

년이 지나도 그 안에 있을 수 있다.

책은 부스터였다. 부스터가 없었다면 나도 아직 거기 있을지도 모르겠다.

위에 적은 책을 쓴 모든 사람들, 책의 가치를 알아보고 출판해준 모든 사람들에게 도움을 받았다고 느낀다. 부디 내가 써 내려가는 것들도 비슷한 종류의 도움이 되길 바란다.

당신도, 살아야 할 이유를 찾아낼 수 있길 바라며.

파호랑의 한마디

책 속에 갇혀버리는
반대 극단은 피하고.

인스타: @pa.ho.rang

14.

소설
담아두지 말고
써서
내보내라

그레이엄 그린은 이런 말을 한 적이 있다.

"이따금 나는 글을 쓰거나 작곡을 하거나 그림을 그리지 않는 사람들은 어떻게 인간의 고유한 광기와 멜랑콜리, 돌연한 공포에서 벗어날 수 있는지 궁금해진다."

— 〈한낮의 우울〉 중

소설가의 공통점은 소설을 사랑한다는 것이다. 소설을 많이 읽다 못해 쓰기 시작한 사람들이다. 좋아하면 소비하는 것으로 성이 안찬다. 결국 생산자가 된다. 영화라는 장르에 매료된 소년 소녀는 영화배우나 감독이 되고자 한다.

책 읽는 걸 좋아했지만 소설을 많이 읽지 않았다. 대부분의 소설은 지루하고 따분했다. 글 쓰는 걸 좋아했지만 단편소설 하나 써본 적 없다. 그런데도 소설을 썼다. 뭐라도 해야겠는데 할 수 있는게 글쓰기말고 아무것도 떠오르지 않았기 때문이다.

당시는 웹소설 시장의 태동기였다. 웹툰 작가처럼, 웹소설을 써서 먹고 살 수 있는 길이 보였다. 그걸 해보기로 했다. 소설을 두 편 썼다. 좋은 소설을 많이 읽은 사람이 좋은 소설가가 될 수 있음을 깨달았다.

평생 먹어 치운 타인의 소설은 자양분이 된다. 직접 소설을 쓸 때 꽃을 피워낼 수 있는 토양이 된다. 나는 소설 자산이 턱없이 부족했다. 음악 재능이 없는 사람도 연습을 통해 어느정도 연주할 수는 있다. 다만 그것으로 먹고 살 수는 없다. 딱 그 정도 느낌이었다.

내가 읽어도 재미가 없었다. 인물은 종잇장처럼 얄팍했고, 묘사는 빈약했다. 대화는 목각 인형이 뱉는 말 같았다. 전체적으로 생기가 없었다. 시놉시스를 쓸 수 있는 능력만 있었다.

시놉시스는 시놉시스일 뿐, 소설이 아니다.

쓰며 알게 된 것이 있다. 모든 소설은 작가의 내면 세계가 투영된다는 것이다. 처음 쓴 소설 시놉시스는 다음과 같다.

불치병에 걸린 남자가 냉동 실험에 참가해 2050년경 미래에서 깨어난다. 스마트폰, 로봇, 드론, 아바타 등이 결합된 '펫'이라 불리는 비서가 정령처럼 어깨 위로 날아다니며 주인공의 적응을 돕는다.

이래저래 해서 여주인공을 만난다. 당연히 인간인 줄 알았는데 안드로이드, 그러니까 로봇이다. 미래에선 당연한 일이지만 과거에서 깨어난 주인공 입장에선 너무 혼란스럽다.

인간이란 무엇인가. 도대체 인간됨을 규정하는 것은 무엇인가. 주인공의 여정을 따라가며 알아보자.

제목은 〈안드로이브〉였다. 끝까지 쓰지 못했다. 쓰다가 중간쯤 읽었는데 재미가 없었다. 장르를 따지자면 웹소설이 아닌 알랭 드 보통 류의 철학 소설이었다.

무라카미 하루키의 〈직업으로서의 소설가〉, 스티븐 킹의 〈유혹하는 글쓰기〉, 김연수의 〈소설가의 일〉 등을 읽어보면 같은 말을 한다. 일단 쓰레기인 초고를 뱉어낸 후, 고치고 고치고 또 고치고 고치는 게 소설가의 작업이라고.

2고는커녕 초고도 끝까지 쓰기 힘들었다. 재미는 둘째치고, 이야기를 끌고 나갈 정신적 힘이 부족했다. 하루키가 달리기를 시작한 이유도 소설가는 피지컬적으로 강인해야 하기 때문이랬다. 내겐 그런 힘이 없었다.

소설의 주제 의식인 인간됨을 논하기엔 내면이 너무 황폐한 상태였다. 내 안에 있는 것을 꺼내 소설 속 세계를 구축하는 법인데, 내면을 들여다보니 아무것도 없이 텅 비어있었다. 당시 나는 남주와 여주가 만나는 부분까지만 쓸 수 있었다. 그 다음에 어떻게 해야할지 그려지지 않았다. 그만 쓰기로 했다.

깨달은 것이 있다. 나는 당시 내가 겪고 있는 현실을 부정하고 싶었다. 눈을 뜨면 다른 세상에서 살아있고 싶었다. 잠을 많이 자는 것도 현실이 형벌 같았으니까 한 거고, 게임것도 마찬가지였다. 가능한 제정신을 잃고 싶었다.

뭐라도 해야겠어서 시작한 소설 쓰기였다. 쓰다 보니 그 속에 비치는 내 모습을 발견하게 되었다. 미래에서 깨어나는 소설 속 남주인공에 내가 묻어 있었다. 우울증 따위, 미래 기술로 고치면 새 삶을 시작할 수 있지 않을가?

내 소설은 그렇게 시작했다.

변하지 않는 문제는 재미가 없다는 것이었다. 소설 속 투영된 내 마음을 발견하는 것만이 수확이었다. 나를 위한 소설이었다.

첫 번째 소설은 겨울 내내 썼다. 햇볕을 쬐기 시작하며 얻은 힘으로 새롭게, 한번 더 써보기로 했다. 이번에는 웹소설에서 잘 팔릴 수 있을만한 것을 생각한 후 썼다. 한국형 히어로물 콘셉트였다.

소설을 쓰는 본질적 능력이 부족한 것을 빼면, 쓰는 동안 즐거웠다. 본질적 능력이란 처음에 언급한 캐릭터의 입체성, 사건의 핍진성, 대사의 생기 같은 것이다. 그동안 내가 재밌게 읽은 책이 〈총, 균, 쇠〉, 〈사피엔스〉, 〈우리 본성의 선한 천사〉 같은 종류라는 것이 안타까웠다.

첫 번째 소설과 마찬가지로, 역시나 작가의 세계가 투영됐다. 소설이 원체 그런 장르라고 들어 알고 있었으나, 직접 경험하는 것은 느낌이 달랐다. 바다에 대해 듣기만 한 사람이 발목을 담글 때의 감각이었다.

내가 투영한 세계에 대해 말하고 싶다.

비 온 뒤 떨어진 꽃이 썩어가는 모습, 본 적 있는가? 추하고 더럽다. 본디 아름다울 것이 썩고 있어 그렇다. 대비되는 것이다. 내게 있어 썩은 꽃은 20대를 들이부은 교회였다. 한국사회에서 교회를 보며 그렇게 느꼈다.

교회가 힘을 갖기 전, 본질을 유지할 때는 순기능을 했다. 그러나 예수의 가르침과 삶을 닮는 것엔 관심 없는 사람들이 예수를 팔아 장사하며 본질을 놓쳤다.

헌금은 돈 놓고 돈 먹기가 된다. 교회는 돈을 모아 이웃을 돕지 않고 건물을 짓는다. 계층과 인종을 비롯한 모든 장벽이 허물어졌던 교회가 그저 사교 활동의 장이 된다. 사회에서 잘나가면 예수 안 믿어도 장로님이 된다.

신학교는 등록금 장사하느라 바쁘다. 말도 안되게 짧은 기간 동안 돈 내고 교육받는 시늉 하면 목사 라이센스가 발급되는 곳도 있다. 목사라는 명사는 종교 면보다 사회 면에 더 자주 출몰한다. 저질 목사가 양산되니 QC(퀄리티 컨트롤)가 안된다. 천주교 신부님과 비교해보면 더욱 그렇다.

20대 초반에는 교회가 아름다운 꽃이라 느꼈다. 가치 있다 여겼기에 나를 들이붓는 것이 아깝지 않았다. 썩은 실체를 알게 되며 악취와 고름에 구토감을 느꼈다.

고려 말, 조선 초기를 다룬 작품을 보면 그때는 불교가 썩은 꽃이었다. 부처님의 가르침과 멀어지고, 사람을 착취하는 지배세력의 통치 이념이 되어버린 종교.

2000년대 이후 한국사회에서 그 역할을 기독교가 담당하고 있었다. 예수와 관계없는 가짜들. 이런 나의 인식과 내면 세계가 소설에 투영됐다.

소설 장르를 히어로물로 잡았기에 자연스레 빌런이 나타나야 했다. 작가인 나는 빌런의 직업을 목사로 설정하고 있었다.

소설 마지막, 주인공은 빌런 목사와 그의 신도들이 예배하는 건물을 부순다. 그들을 몰살시킨다. (성경 유명 인물 중 삼손의 이야기를 오마주했다)

교회를 떠났지만, 그곳은 내 고향이었고, 지금은 썩었지만 원래는 아름다운 꽃이었다. 아름다운 것을 썩게 만든 사람들이 미웠다. 예수를 가져다 장사하는 사람들로 인해 예수가 조롱 받는 모습이 화가 났다.

그렇다고 그 사람들에게 테러를 가할 수는 없지 않은가. 해소하지 못한 울분이 내면에 가득함을 소설을 쓰며 발견했다.

신문 기사를 보면 하루가 멀다 하고 교회와 목사들이 사회에 덕이 되지는 못할망정 해악을 끼치는 뉴스가 나왔다. 그런 정보를 접할 때마다 온 신경이 곤두서면서 미칠 것 같았다.

소설에서 그들이 죽는 순간, 정확히 말하면 내가 죽는 결말을 써낸 다음날 일어난 일이다. 내면에서 '문학적으로나마' 그들이 죽었다. 소설 바깥의 현실 세계에서는 여전히 살아있었지만, 내 의식세계에서는 '죽은 것으로 처리' 하게 됐었다.

이제 그런 사람들은 나와 아무 관계 없다. 그들은 내게 있어 죽은 사람들이다. 없는 존재가 되었다. 내 안에서 죽은 것이다. 신기하게도 그 이후, 그런 소식이 들려도 예전처럼 반응하지 않게 되었다. 죽었으니까 의미 없고 화낼 이유도 없다. 문학적 해소, 예술적 승화가 일어난 것이다.

결국 두번째 작품도 나를 위한 소설이었다. 다시 처음에 놓았던 글귀를 가져온다. 그레이엄 그린은 이런 말을 한 적이 있다.

"이따금 나는 글을 쓰거나 작곡을 하거나 그림을 그리지
않는 사람들은 어떻게 인간의 고유한 광기와 멜랑콜리,
돌연한 공포에서 벗어날 수 있는지 궁금해진다."

사람이 사람을 죽이는 건 쉬운 일이 아니다. 실로 광기다. 사
람이 사람을 괴롭히는 것도, 때리는 것도 마찬가지로 광기다.
미친 짓이다. 내 내면세계에서 일어난 일도 그렇다. 그런 교회
– 라고 쓰고 종교 사기꾼 집단 – 에 있는 사람들이 아무리 미워
도, 죽일 일은 전혀 아니다.

그런 의미에서 광기였다. 죽이고 싶도록 누군가가 밉다는
것? 그 자체로 미친 기운이다. 글을 통해 광기를 쏟아낼 수 있
어 다행이었다.

유튜브, 포털 뉴스 댓글도 이런 종류의 광기가 아닐까? 하는
생각을 한다.

현대사회는 스트레스 공장이다. 살다 보면 미운 사람이 생기
고, 화가 나는 일이 발생한다. 어딘가 발산해야 하는데 발산할
곳이 보이지 않는다. 동네 북 발견됐다 싶으면 다같이 가서 욕
을 퍼붓는다.

그레이엄 그린의 말처럼, 우리 모두 함께 글을 쓰거나 작곡을
하거나 그림을 그려야 하는 것인지도 모르겠다.

잔혹한 복수극이라도 좋으니 글을 쓰고, 정신을 마비시킬 만큼 독한 노래를 만들고, 보고 있노라면 정신병 걸릴 것 같은 그림이라도 그려야 하지 않을까.

링컨이 편지를 받고 화가 나면 답장을 써서 서랍에 넣어놓고, 다음날 그것을 태웠다는 얘기처럼, 댓글란 말고 다른 곳에 쏟아낸 후 태우면 되지 않을까 생각해본다.

상념은 여기에서 멈추고 다시 돌아간다.

소설을 다 썼다. 나만 보기로 했다. 나만을 위한 작품이었다. 그것이 나를 광기로부터 구했다.

참으로 다행이다.

파호랑의 한마디

스트레스? 타인에게 풀지 않고, 생산적으로 풀 수 있다구!.

인스타: @pa.ho.rang

15.

가족
덕분에
살아있습니다
1

처음에 엄마는 전혀 이해하지 못했다. 내 마음의 병을 이해할 시늉도 않았다.

그때만 해도 그런 시절이었다. 몇 년 사이 마음의 병, 우울증을 다루는 콘텐츠가 많아졌다. 대중의 리터러시가 높아졌다. 많이 좋아졌다고 느끼지만 더 높아지길 바란다.

내가 한창 아플 때는 그런 콘텐츠들이 우리 시대의 언어로 나오기 전이었다. 책을 찾아봐도 외국인 저자의 번역서가 주류였다. 부모님 세대에게 우울증은 한마디로 정신병, 또는 나약함이다.

"젊은 놈이 쯧쯧쯧. 배가 불러서 그래."

비슷한 류로 치매에 대한 인식이 있다. 지금은 (치매에 대한 인식도 많이 달라져서, "늙으려면 곱게 늙어야지 미친 노인네." 같은 말은 잘 안 들리는 같다.)

중년을 지나 배우자나 자녀를 먼저 잃는 아픔, 평생 일한 회사에서 구조조정을 당하고 겪는 우울에는 동정과 연민의 시선이 담긴다. 하지만 젊었을 때, 소위 말하는 청년기에 정신이 꺾이고 좌절에 빠져 다시 일어서지 못하는 것은 박한 평가를 받는다.

이해받기 어렵다고 느꼈다. 이해받지 못하는 경험이 늘어갈까 두려웠다.

친척들에게 말하는 것이 무서웠다. 결국 완전히 회복하고 몇 년이 지나기까지 친척과의 교류는 끊었다. 나는 심각한데 대수롭지 않은 게 되고, 금방 일어설 수 있는 것으로 쉽게 다뤄지고 넘어가는 분위기. 평소 교류는 없지만 가끔 보는 사이인 친척 간의 관계에서 가장 가성비 좋은 태도일 것이다.

친척까지 갈 것도 없이, 엄마도 처음에는 '전혀' 이해하지 못했다.

그저 하던 일을 그만두고 잠시 쉬다가, 다시 뭐든 시작하겠거니 정도로 생각하셨을 것이다. 그런데 폐인처럼 집에 틀어박혀 3개월쯤 지나 하는 말이 "엄마, 나 우울증인 것 같아."였으니…….

한편으로는 억장이 무너지고, 한편으로는 받아들이기 힘드셨으리라. 그래서 엄마의 첫 반응은 이런 내용이었다.

"무슨 우울증이야, 그까짓거 정신력으로 다 이겨내면 돼."

듣는 순간 마음이 '쿵' 하고 내려앉았다. 말을 꺼내는 것만 해도 엄청난 용기와 에너지가 필요했는데 결과가 '역시나'여서 괴로웠다. 이해 받지 못했다는 무거움만 남았다.

운이 좋았다고 느끼는 지점. 동생이 사회복지와 심리를 공부한 사람이었다. 내 상태에 대해, 엄마와 같이 있을 때 설명해준 듯 하다. 내 상태를 놓고 엄마와 다시 대화하지 않았는데, 엄마의 태도는 달라졌다.

푸시하지 않고, 이해하는 '척' 하는 말도 하지 않았다.

스스로 마음의 싹을 다시 틔울 수 있을 때까지 기다려줬다.

아직도 기억나는, 아마도 내가 죽기 전까지 잊지 못할 장면이 있다. 시간대도, 상황도, 맥락도 기억나지 않는다. 영화에서 본 것처럼 장면만 기억난다. 몇 날 동안 가족과 겹치는 시간대를 피했기에 교류가 없는 상태였다. 방에 틀어박혀 있는 나를 엄마가 심히 조심스럽게 불렀다.

"HG야."

사람의 목소리엔, 텍스트만으로 담아낼 수 없는 무엇이 더 들어있다. 이때 나를 부르는 엄마의 목소리는 마치 '아기'를 부르는 것 같았다. 아기가 상징하는 것은 연약함이다.

깨지기 쉬운 존재. 보호가 필요한 존재. 잘못 다루면 부숴질 수 있는 존재. 마음이 망가진 사람을 설명하는 말에 딱 맞다.

밥 차려놨으니 먹으라는 내용이었나? 잘 기억나지 않는다. 다만 그때 느낀 엄마의 조심스러운 태도에 고마운 마음이 일어났던 것만 기억난다.

마음이, 일어났다.

다음으로 미안했고, 아팠다. 죽어있던 마음이 움직이는 순간이었다.

다 큰 아들이 이런 상태에 빠졌을 때, 저렇게 대해야 했던 부모 마음은 어떤 걸까? 나로서는 짐작할 수도 없다.

내가 부모를 골라 태어나지 않았듯, 부모도 나를 골라 낳지 않았다. 저 사람은 내 부모로 태어났을 뿐인데 왜 내 밥을 차려주고, 방을 내어주며 돌봐줄까? 그것도 기꺼이. 나는 알 수 없다.

분명한 것은, 아기를 다루듯 조심스레 부른 세 음절 속에 치유의 힘이 있었다는 것이다. 어두운 방 안에서 나를 부르는 소리를 듣는 순간, 그리고 그 의미가 내 안에서 울려 퍼지는 순간.

멍하고 고통스럽기만 하던 마음의 어떤 부분이 회복되기 시작했다.

가족
덕분에
살아있습니다
2

이제 동생을 기억한다.

부모와 마찬가지다. 형제, 자매, 남매는 서로를 골라 태어나지 않는다. 나도 동생을 고르지 않았고 동생도 나를 고르지 않았다. 그저 같은 부모 밑에 태어났을 뿐이다.

먼저 태어나 저러고 있는 모습을 보면 한심하게 생각해 인간취급 안 할 수도 있었다. 실제 그런 집도 많은 것 같고.

그때 돈이 없었다. 내가 한동안 일을 못할 상태인 걸 알면서도 2개월을 버틴 이유 중 하나이기도 하다. 갚아야 할 학자금도 아직 많은데, 생활비 조금이라도 모아둬야 가족에게 손 벌리지 않으며 살 수 있을 것 같았다. 최소한 휴대폰비는 내가 내야 할 것 아닌가. 외출할 때 교통비는 내가 내야 할 것 아닌가. 최소한의 양심이었다.

수중에 360만원 정도 있었다. 한 달에 30만원씩 쓰면 1년을 버틸 수 있다는 계산이 나왔다. 그 이후엔 어떻게 되겠지.

3개월쯤 됐을 때 이가 아팠다. 생각지도 못한 지출이 100만원 생겼다. 망했구나 싶었다.

집 인터넷비, 휴대폰 월정액, 학자금대출 이자 등을 합치면 고정비는 10만원 남짓. 치과 치료 후 실질 가용 예산은 10만원 조금 넘는 상황이 되었다. 내 생애 가장 쪼들렸던 시절이다. 대학 때보다 더 힘들었다.

그 와중에 매일 술을 먹었다. 편의점에서 4캔 맥주를 사면 만원이 나간다. 사치재였다. 돈이 아까워 맥주 피처 큰 것을 사놓고 먹었다. 그것도 월 예산이 10만원으로 줄어들자 집기 어려웠다.

가난은 사람을 위축시킨다. 주 1회 정도 고정 지출이 있었다. 월요일이 되면 집 앞 마트에 가서 초코파이와 코카콜라를 샀다. 카스타드는 감히 집지도 못했다. 이미 가족에게 신세지고 있는 것이 많았기에 손은 벌리기 싫었다. 최소한의 양심은 지키고 살고 싶었다.

그때 동생은 뭐가 먹고 싶냐며 계속 물어보고, 사다 주었다.

동생이 여유가 있어서 그런 게 아님을 잘 안다. 대가없이 돌봐
준 것이다.

동생은 왜 그랬을까? 나는 동생에게 잘해준 게 없는 사람이
다. 불쌍해서 그랬더라도 감사한 일인데, 불쌍해서 잘해준다는
기색을 느낀 적도 없다. 고마운 일이다.

가족이라는 끈이 나를 붙들고 있었다. 가족에게 미안했다. 고
맙기보다 미안했다.

자살은 혼자만의 문제가 아니다. 주변 사람에게 영향을 미친
다. 자살한 사람 주변인이 우울증에 걸릴 확률과 자살할 확률은
비약적으로 높아진다.

죽고 싶을 때마다 가족이 나를 붙들고 있었다. 그렇기에 이런
생각이 들었다.

'호강은 못 시켜줘도, 이런 최악의 것을 이 사람들에게 주면
안 된다. 좋은 것은 못 줄망정 나쁜 것을 줄 수는 없다. 도저히
그럴 수는 없겠다.'

가족이 나를 보호해줬다. 그래서 회복할 수 있었다.

덕분에, 살아있습니다.

고마워요.

파호랑의 한마디

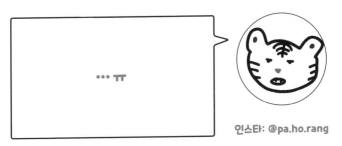

··· ㅠ

인스타: @pa.ho.rang

16.

탈고
문이 닫힌 순간,
문이 열린 경험

이미 피지컬은 많이 회복된 상태였다. 특히 달리기를 통해 살이 빠질수록 정신이 돌아왔다. 우울하고 무기력한 것이 날아갈수록 글을 써낼 힘도 생겨났다. 글을 쓰려면 정신이 또렷해야 했다.

소설 마지막 문장을 적고, 마침표를 찍었다. 이른바 탈고의 순간 다음날 신기한 경험이 있었다.

아침에 잠에서 깨어 눈을 떴을 때, 8개월 내내 들리지 않던 '마음의 소리'가 들렸다. 대단한 말은 아니었다. 정상 궤도에서 살고 있는 사람이라면 매일 하는 말이다.

'오늘 뭐하지? 앞으로 뭐하지?'

우울한 사람은 과거를 곱씹는다. 무기력한 사람은 과거를 곱씹는데 지쳐 다른 활동을 할 에너지가 없는 지경에 도달한 자다.

현재를 그런 식으로 허비하는 사람에게 미래를 그릴 여력은 없다. 줄곧 내 상태였다.

그러던 나에게 미래를 생각하는 능력이 돌아왔다. 신기했다. 전혀 예상하지 못했던 일이다.

그 시점부터 구직 모드로 전환했다. 무슨 일을 할지 고민하고, 찾고, 움직였다. 사람을 만나러 집 밖으로 나갔다.

소설 써서 밥벌이하기 작전은 실패했다. 미련 없이 포기할 수 있을 정도의 실패였다. 문을 꼭 닫았다. 뒤돌아보지도 않았다. 그랬기에 다른 문이 열리는 것을 볼 수 있었다.

8개월 내내, '다시 보통의 삶을 살 수 있을까? 일상을 회복할 수 있을까?'를 생각했지만 자신이 없었다.

탈고한 다음날 눈 뜨는 순간에야 알았다. 할 수 있었다.

다시 사회로 발걸음을 내딛은 첫 날이 기억난다. 출근길에 생각했다. '풀타임 잡의 하루 일과를 버텨낼 수 있을까?' 확신이 없었다. 괜히 피해를 주는 건 아닐까? 그래서 파트타임 잡을 생각하기도 했다.

새 일터는 야근이 없는 곳이었다. 다행이었다. 다시는 일터를 고를 때 '불공정 거래'는 하지 않겠다고 다짐한 상태였다. 최소한의 근로기준법도 지킬 의지가 없는 곳에서는 일하지 않기로 했다. 나를 갈아넣다 망가지는 경험, 인생에 한 번이면 된다. 한번은 경험이지만 두세 번 반복되면 오롯이 내 책임이다.

첫 근무를 마치고 퇴근을 했다. 집에 들어오자마자 밥도 먹지 않고 한동안 누워있었다. 기운이 없어서 그랬다. 10분? 30분? 한 시간? 그때그때 달랐다. 두어 달 동안 매일 이런 패턴을 반복했다. 퇴근하자마자 누워야 다음에 뭔가 할 수 있는 상태가 됐다.

매일이 위기였다.

조금만 삐끗하면 겨우 올라온 해변에서 다시 심해로 추락할 것 같았다. 크고 작은 위기가 많았다. 회사도 몇 번 바뀌었다. 그 와중에 또 험한 일도 여러 번 겪었다.

그때마다 인생이 끝나는 줄 알았다. 아니었다.

문이 닫히면 항상 다른 문이 열렸다. 거짓말이 아니었다.

파호랑의 한마디

미련없이 포기하려면
끝까지 해봐야 해.

인스타: @pa.ho.rang

인간

결국
사람은 환대를
먹고 산다

인간은 사회 속에서 살아갈 '자리'가 있어야 한다. 가정, 일터, 그리고 이해관계 없는 사람들 = 친구 사이에서. 이것이 내가 생각하는 삼각 축이다.

밥만 먹는다고 살 수 있는 게 아니다. 아파트와 주식과 코인이 많다고 되는 것도 아니다. 세 개의 축 중 하나라도 무너지면 위태로워진다.

균형을 잘 맞추면 두개로도 서 있을 수는 있을 것이다. 다만 안전한 느낌은 받지 못한다. 하나로만 서 있을 수 있는지는… 모르겠다.

내 경우, 하강의 시작은 일터의 축이 무너지면서였다. 풀타임 잡을 할 몸상태가 아니라는 게 스스로 내린 판단이었다. 몸이 썩어 있었다. 정신은 붕괴되었다.

여기에 친구들과의 관계 95%를 한 번에 스스로 날렸다. 일터의 축은 완전히 날아갔고, 친구의 축은 위태롭게 되었다.

'던바의 수'라는 것이 있다. 한 사람이 마음을 내줄 수 있는 타인의 수는 150명이라고 한다. 150명도 층위가 있는데, 가장 가까운 그룹부터 동심원을 그리며 넓어진다.

베스트 프랜드가 30명 있을 순 없다. 모두와 같은 크기의 마음을 나눌 수 없다.

내가 잘못 생각한 것은 BF말고 나머지 전부를 '허수'로 치부한 것이다. 그때 주소록에 천 명 넘게 있었다. 30명 정도 남기고 다 지웠다. 그래도 되는 줄 알았다. 아니었다.

깊고 튼실한 관계가 코어근육이라면, 느슨한 연결은 잔 근육이다. 지지해주는 잔근육이 없으면 코어에 무리가 간다.

깊고 튼실한 관계가 자동차 타이어 프레임이라면, 얇고 느슨한 연결은 고무 타이어다. 프레임만으로 굴러갈 수 없다. 끼익 끼익 듣기 싫은 소리를 내다가 곧 마모되어 완전히 멈추리라.

환대란 무엇일까. 존재를 반겨주고, 긍정해주는 것이라 생각한다. 톨스토이 식으로 말하면 사랑.

우리 시대의 사랑은 온통 남녀간의 에로스 뿐이다. 그것 말고, 신이 인간에게 베푼다는 '아가페' 개념이 내가 생각하는 환대다. 모르는 사람에게도 베풀 수 있는 존재론적 사랑. 누군가 나를 반겨주는 느낌.

깊고 지고한 신적 사랑의 경지까지 가지 않아도 된다. 우리는 서로에게 끊임없이 '사소한' 환대를 베풀며 산다. 그리고 상대가 베푸는 환대를 먹고 산다.

- 인사하기
- 인사 받아주기
- 미소 짓기
- 웃어주기
- 말 걸기
- 말 들어주기
- 같이 밥 먹기

별 것 아닌 것들이다. 그런데 사람에겐 이 별 것 아닌 것들이 절대적으로 필요하다.

누구나 이것을 갈망한다. 자산이 200억 2000억이라고 해서 얻을 수 있는게 아니다. 2조 원을 줄 테니 무인도에서 타인과의 접점 없이 살라고 하면 어떨까?

아무리 좋은 집, 차, 옷, 전자제품, 음식, 심지어 로봇 친구들과 수많은 게임과 영화와 책이 있더라도 사람은 살 수 없다.

내가 배운 것은 이것이다. 결국 사람은 환대를 먹고 산다는 것.

심해에서 해변으로 다시 올라와 산지 꽤 오랜 시간이 지났다. 내게 별 것 아닌 환대를 베풀어주는 사람들이 있어서 가능했다. 살다 보면 또 싸우고, 맘에 안 들고, 다신 안 볼 사이가 되는 일도 일어난다. 그럼에도 사람은 다른 사람이 있기에 살아갈 수 있다.

사람 인 (人) + 사이 간 (間) = 인간(人間) 이다.

3부 시작하며

상장폐지에서
수익률 50%까지

책의 구성을 주식으로 말해본다.

1부 : 상장폐지 직전까지 간 이야기

2부 : 원금 회복한 이야기

3부 : 수익률 50% 찍은 이야기

나는 우울증을 '극복'했다고 생각하지 않는다. "나는 노오오오오력해서 우울증을 극복했으니 우울하신 분들 나가서 햇볕도 쬐고 운동도 하고 책도 읽고 글도 쓰고 해서 나으세요." 라고 말할 생각은 없다.

우울은 무기력과 함께 온다. 마음에 자리잡을 때 세트로 자리잡는다. 노오오오오오오오력따위 하고 싶은 마음이 아예 없어지는게 우울하고 무기력한 사람의 세계다.

만약, 읽고 있는 당신 주변 누군가 우울증에 걸렸다면 그를 이해하고 도와줄 수 있는 1인이 되어주길 바라며 1, 2부를 썼다.

3부는 자기계발적 내용이다.

슈퍼만 다녀와도 아무것도 못할 정도로 무기력해진 사람이 있다. (1부)

겨우 8시간 근무 가능한 체력으로 돌아왔다. (2부)

이 사람은 앞으로 어떻게 살고 싶어할까?

다시는, 다시는 나락으로 떨어지지 않고 싶을 것이다.

그래서 이전과 같이 살 수 없다.

살아온 대로 아무렇게나 살 수 없다.

3부는 그 이야기다.

이제 시작한다.

강
화

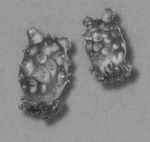

17.

호흡

숨
쉬려고
요가합니다

바른 호흡을 되찾는게 가장 중요하다. 스스로에게 물어보자.

"숨은 잘 쉬니?"

스스로를 점검하는 첫 번째 질문이다. 숨이 고르지 못하면 잠 효율도 떨어진다. 깊은 잠을 못 자면 자도자도 피곤하다.

숨 쉬려고, 요가한다.

모니터 무호흡증이라는 개념이 있다. 화면을 보며 일에 집중하는 자신을 가만히 살펴보라. 숨은 제대로 쉬고 있는지.

순간적으로 '무호흡' 하고 있지 않은가?

숨을 안 쉬는 것을 발견하면 꽤나 놀랄 것이다.

회사에서도 그렇지만, 퇴근하고 누워 스마트폰으로 유튜브 볼 때 호흡이 미약한 순간을 발견한다. 유튜브건 넷플릭스건 막상 켜도 보기 피곤해서 계속 다른 걸 찾으면서도, 휴대폰을 놓지 못하고 있다. 일종의 도파민 중독 상태다.

'소셜딜레마'라는 다큐를 보면, 우리가 시간을 보내는 모니터 속 세계가 '슬롯머신'의 원리로 만들어졌음을 알게 된다. 아래로 스와이프해서 새로고침을 할 때마다 랜덤으로 새로운 콘텐츠가 나온다.

뭔가 재밌는 것이 있을지 모른다고 기대하며 앱을 켠다. 더 볼게 없어지면 끊임없이 새로고침하며 기대를 충족하려 한다. 도파민 중독 상태. 이것에 익숙해질수록 호흡이 망가진다.

부교감신경이 활성화되기 힘든 시대다. 저녁에 눈감기 전까지 폰 속 세상에서 재밌는 걸 찾다 지쳐 잠든다.

눈을 감아도 이완이 충분히 안된 몸과 마음은, 계속 재밌는 것을 달라고 요구한다. 결국 이불 속에서 다시 스마트폰을 켠다. 그렇게 잠들다 아침에 눈뜨는 순간부터 SNS를 다시 확인한다.

'재밌는 거 안 올라왔나?', '좋아요나 댓글이 안 달렸나?' 찾는다.

빨간 알람은 강렬한 자극을 준다.

우리는 퇴근 후에도 제대로 숨쉴 시간이 없다. 모니터 무호흡증에 시달리다 보면 숨 쉬는 법을 잊은 나를 발견하게 된다. 특히 앉아서 종일 컴퓨터 보는 사무직들은 심각하다. 좋지 않은 신호다.

정신 건강을 지키기 위해 요가만 한 게 없다. 사람마다 맞는 운동이 있을 텐데, 내겐 요가가 가장 좋은 효과를 냈다.

요가 선생님들이 자주 하는 말이 있다.

"호흡하세요."

동작을 멈추고 호흡한다. 숨을 쉰다. 어려운 동작에선 오랜만에 가쁜 숨도 쉬어 본다. 신호등 바뀌었을 때 말고 뛰기 싫어하는 내겐 드문 일이다. 그렇게 숨을 쉬다 보면
'숨쉬고 있구나' 하는 자각이 든다.
호흡이 곧 생명임을 깨닫게 된다.
모니터 무호흡증에 익숙해진 얇은 숨 말고, 정상적인 인간의 호흡이 무엇인지에 대한 감각을 되찾게 된다.

식단이나 생활습관은 바꾸기 쉽지 않다. 그래서 권하기도 쉽지 않다. 생활을 바꿀 마스터키를 딱 하나만 꼽자면 요가다.

머리비움 + 스트레칭 + 근력 + 약간의 유산소

이 모든 것을 한 큐에 잡을 수 있는 유일한 운동이다.

몸이 뻐근하고 찌뿌둥하다면? 아무리 쉬어도 풀리지 않는 피로가 있다면?

요가를 시작하자.

굳은 몸을 요가로 풀어주다 보면, 말로 설명할 수 없는 시원함을 느낀다. 근육이 움직이면서 하품이 난다. 찌들어있는 피로가 풀린다.

헬스를 하고 달리고 별짓을 다 해도 풀어지지 않는 피곤함을 요가는 풀어준다. 신기하다. 요가 연구자들과 수행자들은 인체 과학자다.

요가 매트, 요가복은 비싼 거 살 필요 없다. 방에서 할 때는 옷도 필요 없다. 처음부터 고급 장비 투자하지 말고, 다이소에서 5천원짜리 요가 매트 하나면 충분하다.

다음으로 유튜브 검색창에 '요가'를 검색한다. 알고리즘이 이런저런 영상을 틀어줄 것이다. 이것저것 한번씩 따라해보며 자신에게 맞는 선생님을 찾는다.

적합한 요가 선생님을 만났다면 꾸준히 한다.

요가는 스마트폰을 손에서 내려놓을 수 있는 완벽한 운동이다.

바른 호흡을 되찾고 싶다면, 숨 쉬고 싶으면 요가를 하자.

파호랑의 한마디

나마스떼 🙏

인스타: @pa.ho.rang

18.

수면

치매에
걸리고 싶은
사람은 없다

스스로에게 물어보자.

"잠은 잘 자니?"

자는 시간을 아까워하는 사람이 간혹 있다. 잠은 왜 필요한 걸까?

뇌 청소를 위함이다.

잠을 잘 때 우리 몸은 쉬지 않는다. 자다 화장실도 가고, 목 말라 물 마시러 일어나기도 한다. 신진대사는 자고 있어도 그대로 일어난다. 야식이 안좋은 이유도 밤새 소화기관이 일하게 되기 때문이다. 살찌는 건 부가 서비스다.

잠을 잘 때 뇌는 청소를 한다. 그것이 잠의 가장 주된 기능이다.

치매 단백질이라 불리는 '베타아밀로이드'가 무엇인지, 어떤 프로세스로 청소되는지까지 보통 사람이 자세히 알 필요는 없다고 생각한다. 더 궁금한 사람은 검색창에 넣을 수 있게 키워드만 남겨둔다. 일단 결론만 기억하자.

뇌 속 노폐물은 숙면을 취할 때 깨끗이 청소된다.

숙면을 취하지 못하면 뇌에 찌꺼기가 남아 쌓인다. 그러다 보면 나중에 치매에 걸릴 위험이 높아진다. 내가 아는 한 치매에 걸리고 싶어하는 사람은 없다. 그러니 잘 자야 한다.

먼 훗날 치매가 아니더라도, 당장 다음날 모든 효율이 떨어진다. 운동능력, 사고력, 집중력 등 모든 것이. 잠이 부족하면 사람의 기능은 저하된다. 마치 윈도우의 '안전모드'처럼 되는 것이다.

켜지긴 켜졌는데 안 되는 게 많아진다.

숙면이 부족한 날이 이어지면, 병든 닭처럼 빌빌되게 된다. 잘 자야 한다. 잘 자려면 노력이 필요하다. 다음날 일정을 생각하면 지금 자고 있어야 하는데 눈은 똘망똘망 머리는 쌩쌩 돌아가는 경험, 정말 괴롭다.

수면 루틴을 만들어야 한다. 내 수면 루틴은 세가지 키워드로 이루어져 있다.

음악, 루이보스, 휴대폰

1. 음악

층간소음이나 길거리 소음에 잠들만하면 깨는 경험을 몇 번 해봤다. 운 좋으면 무시하고 잠들 수 있었다. 어떤 날은 혈압이 오르며 '이 시간에 왜 노래를 부르는 거야?' 같은 생각과 함께 각성해버리곤 했다.

무조건 내 손해다.

숙면을 위한 투자로 유튜브 프리미엄을 사용한다. 광고 때문이 아니다. 화면을 꺼도 소리만 재생되는 기능 때문에 쓴다.

유튜브에 '수면 음악'을 검색해 보라. 새로운 세계가 펼쳐진다. 그때그때 잠자는데 도움이 될 것 같은 소리를 활용한다. 멜로디 위주의 수면 음악이 잘 안 맞으면 모닥불 소리, 바다 소리 등의 ASMR도 있다.

소리로 차음막을 펼친다. 방문을 닫고 스마트폰 소리만으로 커버가 되면 좋겠지만 그게 안될 때도 있다. 노이즈 캔슬링이 되는 이어폰도 써봤는데 뒤척거릴 때 불편해서 아쉬움이 있었다.

결국 블루투스 스피커를 하나 장만해 만족하며 사용하고 있다. 매일 음악을 켜는 것은 아니다. 어쩔 때는 아무 소리 없는 상태가 잠자는데 도움이 된다. 그래도 일단 잘 시간을 정해놓고, 음악을 켜는 신호로 몸과 마음에 잠잘 준비를 시킨다.

수면 리추얼을 만들고 거기 나를 적응시킨다.

2. 루이보스

루이보스가 아니라 어떤 차여도 좋다. 카페인만 없으면 된다.
내 입에는 구수하고 달착지근한 루이보스만 한 게 없다.

따뜻한 차를 홀짝거리다 보면 몸이 긴장을 푼다.

소주와 맥주에 뇌를 절여 잠드는 것보다 백만 배 건강하다.

3. 휴대폰

가장 중요한 부분이다. 수면 음악 세팅을 하고 나서부터는 폰
을 절대 만지지 않는다.

오징어 눈이나 우리 눈이나 똑같음을 알아야 한다. 오징어를
잡는 방법은 강한 빛으로 유혹하는 것이다. 눈은 뇌와 연결되어
있어 흥분을 전달한다. 블루라이트 필터고 뭐고 현대인의 수면
효율 저하는 스마트폰이 일등공신이다.

스마트폰을 손에서 놨다고 노트북이나 아이패드나 TV를 켜
면 당연히 안된다. 숙면을 원한다면 모든 모니터 불빛을 멀리해
야 한다. 잠들기 한시간 전부터 완전히 차단하자.

중간중간 음악 볼륨 조절을 하고 싶으면 스마트폰 옆 버튼을
활용한다.

'블랙 미러'라는 넷플릭스 시리즈가 있다. 까만 화면이 인간

의 삶을 어떻게 삼키는지 보여주는 에피소드 모음집이다. 까만 화면에 빨려 들어가기 전에, 폰을 뒤집어엎어 놓는다. 도구를 지배하지 못하는 자, 도구에 지배당한다. 지배당하지 않겠다는 의지다.

손에서 폰을 놓은 사람이 할 수 있는 것은 많지 않지만, 대부분 유익한 것들이다. 자려고 음악을 깔아놓고 차를 홀짝거리며 폰은 손 닿지 않는 곳에 엎어 놓고 나면, 자연스레 일기를 쓰거나 책을 읽게 된다.

이때 책은 절대로 재미없어야 한다.

재미있는 소설 속 세계나 인사이트 팡팡 터지는 지적 자극을 주는 책은 뇌를 흥분시켜 숙면에 방해된다. 재미없는데 유익한 책을 읽어주면 좋다. 10~15분 정도 몸을 풀어주는 스트레칭도 좋다.

잘 자고 일어나 말끔하고 상쾌한 정신으로 하루를 맞이하면, 뭐든 할 수 있을 것만 같은 자신감이 생긴다.

참고가 되었으면 하는 마음으로 나의 수면 루틴을 적어봤다. 내 방법이 정답이라서가 아니라 숙면을 위한 설계가 필요함을 말하고 싶었다.

시답잖은 유튜브 콘텐츠와, 인스타 친구들의 근황에 소중한 숙면의 기회를 빼앗기지 말자. 잠만 잘 자도 인생은 살만해진다. 숙면을 위해 투자하자.

훨씬 큰 이율로 돌아올 것이다.

파호랑의 한마디

잠 줄이는 게 결코
시간 아끼는 게 아냐
몸 축내는 거야.

인스타: @pa.ho.rang

19.

식사

아무거나
아무 때나
먹지 않는다

스스로에게 물어보자.

"밥은 잘 먹니?"

1. 일단 잘 먹기

밥 잘 안 먹는 사람들 있다. 아무거나 아무 때에 먹는 것이 아무것도 먹지 않는 것보다 낫다. 잘 챙겨 먹자. 밥이 안 넘어가면 편의점에서 빵이랑 우유라도 사 먹자. 씹는 것이 부담스러우면 라떼 한잔이라도 먹자.

음식물을 넣어주지 않고 몸을 굴리는 것은 직원에게 월급을 주지 않는 것과 같다. 직원은 곧 파업하거나 퇴사한다. 몸은 유일한 직원이다. '너 아니어도 일할 사람 많아' 같은 방식은 안 통한다.

스마트폰을 인생에 딱 한 번만 살 수 있다면 얼마나 애지중지 쓸까? 몸은 우리가 이 세상을 살아가면서 사용하는 유일한 디바이스다.

몸한테 잘해주자. 일단 굶기진 말자.

2. 아무거나 먹지 않기

아무거나에서 '아무거'를 담당하는 것은 '탄수화물, 당류' 되시겠다. 개인적으로 '악의 축'으로 규정하는 것들이다.

필수 아미노산(단백질), 필수 지방산 같은 말은 들어봤을 것이다. 필수 탄수화물은 없다. 몸에서 만들어지지 않기 때문에 꼭 먹어서 보충해줘야 하는 탄수화물은 없는 것이다.

3대 영양소라니까 탄, 단, 지를 골고루 먹어야 해 라는 생각을 하는데 그렇지 않다. 안 먹으려고 최선을 다해도 나도 모르게 먹고 있는게 탄수화물이다.

탄수화물이 나쁜 이유는 몸에 지방으로 축적되어 쌓이기 때문이다. 지방을 먹어서 혈관이 막히고 뱃살이 쌓이는게 아니다. 탄수화물이 범인이다.(더 자세한 내용이 궁금하다면, MBC다큐멘터리 〈지방의 누명〉을 찾아보라)

3. 모든 음식 대할 때 범인 색출하기

라면의 정체? 밀가루＋나트륨이다. 밀가루는 탄수화물이니 탄수화물＋나트륨이 된다. 죽고 싶어도 먹고 싶다는 떡볶이를 보자. 떡은 농축 탄수화물이고 떡볶이 소스에는 설탕이 들어간다. 탄수화물 × 탄수화물이다.

내 소울푸드인 햄버거는 어떨까? 버거 자체는 의외로 양호하지만 우리는 버거만 먹지 않는다. 감자튀김과 콜라가 기본 세트 구성이다. 햄버거(빵＝탄수화물)＋감자(탄수화물)튀김＋콜라(당류 ＝탄수화물)＝탄수화물 삼중주다.

음식 성분표에는 탄수화물과 당류를 따로 구분하지만, 둘은 사실 같은 카테고리다. 한국인과 중국인, 일본인이 전부 동양인인 것처럼. 탄수화물은 포도'당'으로 분해되어 몸에서 연료로 사용된다. 입에서는 빵, 밥, 면이지만 몸에 들어가면 설탕과 똑같다.

4. 식비 아껴봤자 병원비로 돌아온다.

엥겔 지수(식비 비중)를 높여야 건강해진다. 가성비로 따지면 라면만한 것이 없다. 심지어 맛있다.

탄수화물과 당분을 줄이는 것은 인간에게 스트레스를 준다. 당분은 생존에 큰 도움이 되기 때문에 쾌감을 주는 방향으로 보상화되어 진화했기 때문이다.

꿀도 달고 엿도 달고 설탕도 과일도 달다. 이것들 모두 옛날에는 귀한 것이었다. 특히 겨울이 오기 전 당을 듬뿍 머금은 과일을 먹어 살찔 수 있다면 좋은 일이었다. 추운 겨울을 나려면 체온 유지를 위해 태울 열량이 필요하기 때문이다.

동물들이 겨울잠 자기 전 뒤룩뒤룩 살쪄서 동굴로 들어가는 것을 생각해보라. 녀석들은 겨우내 지방을 태우며 체온을 유지하고 따뜻한 봄을 맞아 굴 밖으로 나온다.

활동량이 많고 젊을 때는 괜찮다. 신진대사가 활발할 때는 괜찮다. 모든 인간은 나이가 들며 칼로리 소모량이 줄어든다. 배가 나오기 시작한다면? 몸에 살이 쌓이기 시작한다면? 몸이 무겁게 느껴진다면? 탄수화물을 줄여야 한다.

밥, 빵, 면을 안 먹으면 뭘 먹어야 할까? 샐러드도 있고 닭가슴살도 있고 버터와 치즈를 듬뿍 먹을 수도 있다. 익숙하지 않아 그렇지 다른 길은 있다. 어떻게든 탄수화물을 줄이고 그만큼 다른 것을 먹으면 된다.

유기농까지 안 가도 식비가 올라간다. 혹시라도 식비 때문에 계속 아무거나 먹는다면? 결국 병원비로 돌아올 것이라고 말하고 싶다. 이건 직접 경험해야만 깊이 새길 수 있는 영역이라고 생각해서, 그냥 이렇게만 적고 말겠다. 가급적 나처럼 대가를 치르고 깨닫지 않길 바라며.

5. 아무 때나 먹지 않기

다른 건 몰라도 수면의 축을 흔드는 야식은 절대 안 먹는다.

'밥은 잘 먹니?'에 앞서 '잠은 잘 자니?'라는 질문을 던졌다. 잠이 더 중요하다.

11시에 자는 사람이라고 가정하겠다. 이 경우 적어도 2시간 전인 9시 이후에는 아무것도 먹지 않도록 설계해야 한다. 그러기 위해 가급적 저녁식사를 풍성하게 한다. 자기 전에 허기짐을 느껴 배고프면 야식의 유혹에 약해지기 때문이다.

저녁을 배부르게 먹었는데도 뭔가 먹고 싶을 때가 있다. 이때 먹으면 몸의 리듬이 깨져서 다음날 같은 시간에 또 먹고 싶어진다. 이렇게 일주일만 지나면 야식이 당연한 일과가 된다.

야식을 저지하기 위한 히든 카드는 물이다.

물을 한잔 가득 마시면, 웬만한 가짜 배고픔은 해결된다. 저녁을 그렇게 풍성하게 먹고도 뭔가 먹고 싶다면? '가짜' 배고픔이다. 물을 마셔도 그럴 땐 차를 우린다. 루이보스 한잔 가득 우려 마시고 나면 식욕이 사라진다. 한잔으로 안되면 두잔 마시자. 어떻게든 야식에 익숙해진 악순환 사이클을 끊어내야 한다.

이렇게 방화벽을 치는데도 일년에 한두 번은 야식의 습격에 당한다. 다음날 항상 피곤한 몸과 더부룩한 속으로 하루를 시작하며 후회한다. 후회의 경험을 흘려보내지 않고 깊이 새긴다. 깊이 새긴 상처는 다음 유혹 때 방패가 된다.

잘 먹는지, 아무거나 먹고 있지 않은지, 아무 때나 먹고 있지 않은지. 이것만 잘 점검하고 다스려도 삶이 평온해진다. 컨디션이 좋아지면 다른 모든 활동의 효율도 높아진다.

소화가 잘 안되어 더부룩한 속으로 끙끙대는 일이 인생에서 없어진다고 생각해보라. 식사습관을 돌아보고 정비하지 않을 이유가 없다.

하면 무조건 이득이니까.

파호랑의 한마디

병원비로 나갈 돈
좋은 음식 사먹는 게
이래저래 개이득

인스타: @pa.ho.rang

20.

쾌변

인생에서
중요한 것
3대장

삶의 질을 점검할 다음 질문.

"똥은 잘 싸니?"

고상한 척하고픈 함정에서 빠져나오느라 고생을 했다. '밥은 잘 먹니?' 마지막에 끼워팔기 식으로 간단하게 적고 넘어가고 싶은 마음이 있었다. 하지만 이 문제, 그렇게 다룰 수 없다.

쾌변은 중요하다. 다만 '똥'이라는 단어가 터부시되어 거리낌이 있었을 뿐이다. 아직 거리낌이 남아 있는 것 같아 적어본다. 똥. 똥. 똥. 똥. 됐다. 이 글은 똥같은 글이다.

터부시되는 것들에는 이유가 있다. 쾌감 보상만 있는게 아니라 혐오 보상도 있는 것이다. 당이 즐거움을 주는 이유는, 식량이 부족하던 시절 생존에 도움이 되었기 때문이다. 먹을 때 '맛있다'는 쾌감을 주는 보상이다.

똥은 배설물이다. 몸에서 필요 없는 것을 배출하는 행위다. 혐오스럽고 더럽게 느껴진다.

최근 200년간 급속도로 보건, 위생, 의학이 발달하기 전 인간의 삶을 생각해보자. 작은 상처를 타고 들어간 세균이나 바이러스의 감염만으로 사람이 쉽게 죽었다. 똥은 분명 위험했다.

터부시된 똥은 부르는 것조차 상스럽게 여겨져, 고상한 닉네임을 갖는다. 한국에선 '변'이라고 한다. 그런다고 뭐가 달라지진 않는다. 똥은 똥이다.

인간은 형이상학적 존재다. 눈에 보이지 않는 것들로 고민하고 진리를 추구하는게 자연스럽다. 철학과 신화는 그런 의미에서 쌍둥이다. 최근에 이르러 세 쌍둥이가 됐는데 '디지털' 혁명 때문에 그렇다. 메타버스에서의 삶을 논하는 시대다.

메타버스를 비롯한 모든 디지털 문명은 문자 그대로 '모래 위에' 세워진다. 반도체 없이 디지털 세계를 논할 수 없는데, 반도체를 구성하는 재료인 실리콘은 모래에서 얻는다. 문득 고양이 화장실에 붓는 모래가 생각난다. 똥 얘기를 하고 있어서 그런 것 같다. 기승전똥의 흐름을 벗어나 다시 메타버스를 생각해보려 하는데 변기가 막혔다.

메타버스고 증강현실이고 당장 집안의 변기가 막히면 몽땅 관심 밖의 일이 된다. 디지털 문명은 물리적 기반 위에 세워진다. 인터넷 끊겨도 살 수 있다. 하수도 막히면 사람 미친다. 형이상학보다 잘 자고 잘 먹고 잘 싸는게 중요하다.

잘 먹고 잘 자고 잘 싸고. 예로부터 전해오는 3잘 되시겠다. 요즘 말로 3대장이다. 앞의 둘은 이미 다뤘다. 잘 자고 잘 먹는 것만큼 잘 싸는 것. 중요하다. 아침에 일어나 쾌변하고 나온 사람과 그렇지 못한 사람의 삶의 질은 큰 차이가 난다.

변비나 설사로 고생을 해보면 정상적인 변을 보는게 당연한 것이 아님을 알게 된다.

떠올려보자. 출근길 버스나 지하철에서 급똥이 마려웠을 때를. 참느라 땀을 삐질삐질 흘리는 극기훈련을 마치고 나면 진이 빠진다. 출근도 하기 전에 체력 다 닳는다.

무조건. 아침에 눈뜨자마자. 쾌변할수록 좋다.

이것도 설계가 필요하다. 일단 잘 먹으면 절반은 해결된다. 채소 많이 먹고 김치 좋아하면 변비 걸리기 어렵다. 식이섬유는 인간이 소화하지 못한다. 소화 안된 식이섬유는 장 속 찌꺼기를 모아모아 덩어리를 만들어 배출을 용이하게 한다.

탄수화물 + 나트륨만 먹으면 맨날 설사한다. 식이섬유가 없으니까 그렇다. 사과가 땅으로 떨어지는 것만큼 당연한 결론이다. 떡볶이를 먹을 거면 양배추라도 넣어 먹자. 라면을 먹을 땐 김치를 꼭 꺼내 먹자.

이 분야의 끝판왕을 방금 말했다. 양배추.

양배추 '즙' 같은 거 말고, 진짜 양배추를 먹자. 식이섬유는 갈면 파괴된다.

정말 변비가 심하고 쾌변이 간절한 사람은 매끼 식사량의 50%를 양배추로 먹자. 무게로 따지는 건 무리여도 부피로 대중하면 가능하다. 맛없으면 쌈장 된장 고추장 뭐라도 찍어서라도 먹자.

양배추 섭취에 관한 얘기를 좀 더 해야겠다. 생으로 아삭아삭 씹어 먹으면 저작 활동(씹는 활동)이 된다. 치아 건강에도 좋고 포만감도 더 있다. 익히면 소화 흡수율이 증가한다. 전자레인지를 활용해 간편하게 데쳐먹는 것도 좋겠다.

양배추를 식사량의 50% 이상, 3일 넘게 먹었는데도 쾌변하지 못하는 사람은 병원에 가야 한다.

이 설계의 목적지는 아침 쾌변이다. 아침으로 가자. 눈 뜨면 물부터 한잔 마신다. 화장실에 가서 앉는다. 무의식적인 루틴이 되어야 한다. 여기에 마지막 설계가 더해진다. 인체 공학상 양변기에 앉는 각도는 효율적인 쾌변과 거리가 멀다.

푸세식 화장실에 가면 자연스럽게 나오는 쪼그려 앉는 자세가 좋다.

그렇다고 표준 변기 설계를 바꿀 수 없으니 이때 필요한 것이 발판이다. 목욕탕에 가면 바닥에 앉을 수 없으니 정강이 높이 정도 오는 의자가 비치되어 있다. 화장실에 하나 들이자. 거기 발을 얹으면 각도가 딱 나온다.

이제 뭐 없다. 진인사대천명. 인간의 노력은 다했다. 이러고도 안되면 진짜 병원 가자.

내용을 정리한다. 양배추가 아니어도 좋으니 식이섬유 풍부히 먹어준다. 아침에 물을 마셔줌으로써 몸에 사인을 준다. 인체가 원하는 각도까지 세팅해준다. 웬만하면 잘 나온다.

저녁을 풍성하게 먹고, 자는 동안 몸이 열심히 만든 똥, 잘 보내주면 되는 것이다. 알바 교대할 때 시재를 정산하듯 고정된 시간에 깔끔하게 처리하고 나면, 하루가 쾌적하다.

당연히 무슨 활동을 하건 전반적인 효율이 올라간다.

쾌변. 중요하다.

화이팅.

파호랑의 한마디

출근길에 식은땀
흘릴 일, 아예
없애버리자구!

인스타: @pa.ho.rang

21.

걷기

인생
맛없고 싶으면
최대한 눕자

스스로에게 질문해보자.

"8,000보 걸었니?"

하루에 8,000보는 걸어야 한다. 만보를 걸어야 한다는 말은 만보기를 팔기 위해 만들어진 이야기라고 한다.

한창 뛰면서 살 뺄 때 두 시간씩 걷고 뛰었다. 그래서 다다익선이라고 생각했다. 최대한 많이 걷는게 좋다고 생각했다. 어느 날 도수 치료 받던 중, 치료사님이 너무 많이 걷지 말라고 했다. 한 시간 정도만 걸으라고 했다.

전문가의 말을 무시했다. 말 안 듣고 족적근막염에 걸려보고 나서야 깨달았다. 무조건 많이 걷고 뛴다고 좋은 게 아니라는 것을.

발을 이루는 뼈와 근육, 관절도 소모품인데 너무 혹사시키면 안 된다. 뒤늦게 아치 깔창을 선물해주며 발한테 잘해주는 중이다. 만보까지 안 걸어도 좋다. 8,000보면 충분하다.

8,000보 걷는 건 1시간~1시간 15분 정도 걸린다. 주로 퇴근길을 활용한다. 퇴근 한두 시간 전 든든하게 간식을 먹어준다. 그렇지 않으면 가는 도중 허기져서 힘들다. 간식만큼 중요한 건 최대한 가벼운 가방. 가능하면 가방이 없는 것이 좋다. 한 시간 코스를 만들어 지하철에서 일찍 내리거나 해서 걷는다.

홀가분한 몸으로 한시간 정도 걷다 보면 몸에 기름칠하는 느낌이 든다.

자전거를 사놓고 안 굴려주면 녹슨다. 기름칠하고 굴려줘야 자전거 상태가 건강하게 유지된다. 몸에도 기름칠이 필요하다. 몸을 혹사시키면 안되지만, 무조건 아낀다고 건강이 보존되는 것도 아니다. 관절도 혈관도 근육도 걷는 활동을 통해 튼튼해진다.

피곤하고 무기력하고 컨디션 안 좋다는 사람을 만나면 항상 '걷고 있는지' 물어본다. 8,000보 이하는 걷는게 아니라는 기준이다. 대부분 걷지 않는다. 하루에 얼마나 걷냐고, 8,000보는 걸어야 한다고, 그렇게 걷다 보면 몸이 펴지는게 느껴질 거라고, 개운해지고 활력이 돌아오고 사는 맛이 생길 거라고 말해준다.

듣는 순간 삶에서 무엇이 부족했는지 깨닫는 사람의 눈빛은 다르다. 그렇지 않은 사람에게는 오지랖일 뿐이기에 얼른 입을 다문다.

몸을 너무 안 움직이던 사람이 걷기 시작하면 밥맛부터 달라진다.

출퇴근 동선이 아름답게 깔끔해서 의식적으로 걷지 않으면 하루에 500보만 걷는 시기가 있었다. 화장실 갈 때, 점심 먹으러 갈 때만 걸으면 500보 정도 나왔다.

여기에 책상에서 모니터만 보는 삶을 끼얹자 몸이 점점 굽었다. 불판 위 오징어처럼 굽었다. 목이 뻣뻣해지고 어깨가 안 올라가기 시작한다.

몸 상태가 이러면 소화도 잘 안 된다. 밥이 맛있을 리 없다. 9km를 뛰던 나는 이미 죽었다고 생각하기로 했다. 나이키 광고에 나오는 사람들처럼 안 뛰어도 좋으니, 어떻게든 8,000보를 채우기 시작했다. 곧 컨디션이 좋아졌다.

인간 몸의 설계는 걷기 위함이다. 기사님이 운전해주는 것도 필요 없다. 페라리, 포르쉐, 람보르기니 등의 슈퍼카도 줄 수 없는 선물이 있다. 직접 자기 발로 걷는 즐거움이다.

사람이 죽는 과정을 생각해보자. 결국 걷지 못하는 게 죽는 거다. 걷지 못하고 서있지 못하고 앉아있지 못하다 누워 죽게 된다. 병원이나 호스피스 속의 삶을 생각해보자. 누워있는 삶이다. 걷는 게 사는 거고, 걷지 못하는 게 죽는 거다.

힘들게 스쿼트 천개는 못해도 누구나 걸을 수는 있다. 배울 필요도 없다.

아기가 아이가 되는 것은 걷기 시작하면서부터다. 우리 모두 그 시기를 거치며 이미 학습을 마쳤다. 거창한 허벅지 근육 유지는 못해도, 하루 한시간 걸을 근육은 잃으면 안된다. 잃었다 싶으면 기를 쓰고 회복해야 한다. 걷는 일과를 챙겨야 한다.

인생이 맛없기 시작하면 끝도 없다. 밥맛만 없는게 아니다. 세상 재밌는 거 다 모아놨다는 넷플릭스나 유튜브를 봐도 감흥이 없어진다. 드라마도 게임도 스포츠도 다 밋밋해진다. 인생이 맛없고 재미없다는 사람의 생활 패턴은 대부분 신체활동이 멍게 수준이다. 움직이지 않는다.

멍게 이야기. 12장에서 말했지만 중요하니까 다시 한 번 반복한다. 멍게는 원래 뇌가 있다. 움직이는 동물인 멍게는 정착하고 나면 뇌를 먹어 치운다. 움직일 필요가 없어 뇌가 필요없어졌기 때문이다. 뇌는 생각을 위해 있지 않다. 움직임을 위해 있다.

인간의 뇌도 움직임을 위해 있다. 달리는 말 위에서 허벅지로 안장을 컨트롤하며 손가락으로 활시위를 당기는 모습을 상상해 보라. 이런 동작이 가능하려면 엄청난 수의 신경과 관절, 근육을 총체적으로 컨트롤하는 커다란 뇌가 필요하다.

인공지능은 이미 인간보다 바둑을 잘 둔다. 바둑은 인간 중에서도 천재만 하는 종목인데도 그렇다. 알파고는 이세돌을 이겼지만 이런 효율적인 운동능력을 구사하지는 못한다.

공중제비 돌면서 춤추는 로봇 영상을 본 적 있는 분은 반론을 제시하고 싶을 것 같다. 영상 속 로봇이 그렇게 움직이고 난 후 몇시간 동안 충전해야 한다는 사실은 홍보용 영상에서 드러나지 않는다. 기계장치의 에너지효율은 인간에 비하면 현저히 떨어진다.

아직 인간의 에너지 대사 효율을 따라잡을 기미도 안 보인다. 겸상도 못한다.

움직임이 없는 인간은 뭐랄까. 멍게처럼 멍해지는 것 같다. 소위 말하는 '활력'이 없어진다. 흐르는 강물을 거꾸로 거슬러 오르던 연어가 활력을 잃으면 어떻게 될까? 그냥 흘러가는 대로 살게 된다. 물살을 거스르지 못하고 둥둥 떠내려가는 물고기는 죽은 물고기다.

그렇게 사는게 의미 없다는 건 아니다. 그런 시기도 필요한지
도 모른다. 다만 인간은 그렇게 오래 살면 찾아오는 지루함과
권태감을 견디기 힘들어하는 존재다. '편하고 싶어. 난 편하고
싶어. 그러니까 움직이지 않을 거야.'라는 의지를 가지고 실행
할수록, 행복과 거리가 멀어진다. 인생이 맛없어진다.

바디프로필을 찍기 위해 준비하는 사람들처럼 거창하고 원대
한 식단 계획과 함께 혹독하게 운동할 필요까진 없다. 걷는 것
만으로 충분하다.

나이를 먹어서 활력이 떨어지는게 아니라, 몸을 움직이지 않
아 활력이 떨어지는 것임을 기억하자. 밥이 맛없는 삶이 좋다면
계속 누워 있으면 된다. 날마다 맛있는 밥을 먹고 싶으면 걷자.
아무 장비도, 아무 자격도 필요 없다.

걷자.

팁을 하나 남긴다. 걸을 때 핸드폰은 두고 나서는게 좋다. 퇴
근길이라면 전원을 꺼서 가방이나 주머니에 넣어 두자. 걷는 내
내 시선을 모니터 화면에 고정시키면 목이 굽는다. 몸은 움직이
면서 눈은 초점을 고정하니 눈도 훨씬 피로해진다.

바보짓이다. 다 된 밥에 재 뿌리는 짓이다. 기껏 걷는 시간을

마련했는데 망칠 필요는 없다.

정 지루하면 음악을 듣는 것도 좋겠지만, 디지털 기기와 완전히 접촉을 끊는 디톡스 기회로 활용하는 것이 가장 좋다고 생각한다. 걷는 동안 드는 생각은 보물과 같은 것들이다.

시시한 것들에 발굴 기회를 빼앗기면, 아깝지 않은가.

파호랑의 한마디

안 걸으면
멍게 된당

인스타: @pa.ho.rang

22.

근력

소액
근육
투자자

스스로에게 물어볼 질문

"근력 운동 했니?"

지금보다 타인의 이미지에 압도당하며 자신을 불행하게 여기는 시대가 있을까. 비교하는 수준이 아니라 '압도'당한다.

예로부터 텔레비전에는 멋있고 예쁜 사람들만 나왔다. 그런데 SNS를 보면 그것도 아닌 것 같다. 연예인 아니어도 잘난 사람 왜 이렇게 많은지.

되도 않는 유전자 지식은 또 쓸데없이 범람해서 '내 유전자가 별로라서 그래'라고 자포자기하고 손 놓는 사람도 많아진다.

이 지점에서 정직해야겠다. 나도 그랬다. 쓸데없이 인생 망치는 테크트리다.

주식을 생각해보자. 하다 보면 돈이 돈을 낳는다는 말을 실감하게 된다. '자본금이 많았다면' 같은 생각을 계속 할 수밖에 없다. 100만원 넣고 5% 먹으면 5만원인데 자본금이 많아서 천만원 넣었으면 50만원, 1억 넣었으면 500만원 번다.

하지만 보통 사람들은 억 단위의 돈을 주식에 넣을 수 없다. 대부분 집에 묶여있는 돈이다. 그렇다고 부러워만 하고 안 하면 5만원도 못 버는 거다. 푼돈으로라도 주식하는 주린이의 시대다.

이런 느낌으로. 귀여운 수익률과 작은 이익에 기뻐한다는 느낌으로 근력 운동을 하자.

유튜브에 나오는 엄청난 몸매의 사람들 이미지는 머리 속에서 지워버리자. 바디 프로필 찍는게 목표라면 모를까 황새 따라가느라 고통스러운 뱁새가 될 필요는 없다.

운동으로 몸을 만들려면 나를 쏟아부어야 할 것이다. 그렇게까지 하고 싶진 않다. 오버해서 운동하다 다치면 일상 생활도 무너진다. 허리라도 삐끗하면? 인생이 삐끗한다. 3대 500 안 해도 된다. 가끔 집에서 쌀포대 옮길 일 있을 때 '이 정도는 가뿐히' 할 수 있을 정도면 충분하다.

울퉁불퉁, 우락부락, 쭉쭉빵빵 멋진 몸과 근육을 욕망하지 않는다. 욕망하지 않으면 동경할 일도 없다. 운동에 내 모든 에너지를 갖다 바치고 싶지 않다.

다만 작고 귀여운 근육이라도, 소중하게 여기며 가꾸고 싶은 마음은 있다. 3부 1장이 '호흡의 수단'으로서의 요가였다. 요가를 한다고 헬스장에서 쇠질하며 얻는 근육은 못 갖는다.

요가만 꾸준히 해도 과일이 영글듯 몸에 근육이 차오른다. 눈에 보이는 근육은 아니지만 속근육이 차오른다. 동작을 유지하기 위해 버티다 보면 몸 안에서 근육이 차오르는 게 느껴진다. 분명 처음엔 형태를 유지하기도 어려운 동작이었는데 어느 날 30초를 버티고 있다. 근육이 차올랐기에 가능한 일이다.

요가만으로 부족하다고 느낄 때가 있다. 꾸준히 해서 속근육이 차올라 넘치는 기운을 준다. 체력이 넘친기 시작했다는 증거다. 그럴 땐 맨몸 운동을 한다. 많이는 안한다. 어떤 날은 스쿼트 100개, 어떤 날은 팔굽혀펴기 25개, 어떤 날은 플랭크 2분. 이렇게 소액 투자하듯 한다.

방점은 소액이 아니라 '꾸준히'에 있다. 소박한 운동이라 근육도 소박하게 쌓이긴 하지만, 작은 자본으로 주식을 해서 얻는 수익률처럼 애정이 간다. 뿌듯함을 느낀다. 꾸준히 안 하면 근육은 언제든 빛의 속도로 소실된다. 비트코인보다 떡락이 빠른 게 근육이다. 꾸준히 계속 해야한다. 죽는 날까지.

회사에는 세라 밴드를 4등분해서 갖다 놨다. 긴 고무 밴드다. 이 아이템을 알게 된 것은 다시 직장생활을 하며 몸이 안 좋아지기 시작했을 때다. 그때는 요가도 안했다. 인간은 같은 실수를 반복한다. 다시 살찌고 체력을 잃어가고 있었다.

그때 유명 운동 유튜버가 추천해준 아이템이었다. 보고 바로 사서 써봤다. 제품은 총 7단계로 구성되어 있는데, 처음엔 성인 남성용인 4단계(파란색)도 힘들었다. 그 시절의 나는 그렇게나 나약했다.

회사에서 일하다 몸을 일으킬 때마다 밴드를 양손에 쥐고 손을 높이 들어 등 뒤로 당겨줬다. 12개 1세트. 어깨와 등이 굽기 때문에 그런 동작으로 부하를 주며 펴줘야 했다. 그걸 꾸준히 했다. 어느 날, 밴드가 끊어졌다.

5단계(검정색)로 올렸다. 5단계도 계속하다 보니 끊어졌다. 6단계(은색)로 올렸다. 아직 성인 남성용이라고 적혀 있다. 이 친구는 어째 충분히 당긴 것 같은데 끊어지지 않는다.

그렇지만 부하가 걸리는 느낌이 약해져서, 마지막 7단계(금색)에 도달했다. '운동 선수용'이라고 적혀 있었다.

이제 7단계 밴드가 끊어질 때까지 근력이 붙는게 목표다. 꾸준한 것이 최고다. 이 작은 동작을 통해 작고 귀여운 근육이 적금처럼 차올랐다.

시대를 뒤덮는 몸의 이미지는 압도적이다. 그렇게 온 세상에 칭송받는 멋진 정원은 못 만들어내도, 정성 들여 내손으로 가꾼 텃밭의 아름다움은 즐길 수 있다. 애초에 칭송받는 건 목표도 아니니까 내가 만족할 수 있으면 그걸로 충분하다.

몸을 너무 함부로 다뤘기에, 내 몸이 가질 수 있는 최악의 상태까지 방치했던 적이 있기에 잘해준다. 내 인생 최악의 시절과 비교하면 지금은 선녀다. 모델할 것도 아니고, 연예인할 것도 아니다. 그들도 비수기에는 그렇게 안 산다.

자신의 체력 수준에 맞는, 지금의 상황에 맞는 작고 소박한 운동법이 분명 있을 것이다. 가장 쉬운 것은 계단 오르기다. 다음으로 저녁에 자기 전 15분 스트레칭이다. 운동을 하나도 안 하던 사람은 이것만으로도 몸에 근육이 생긴다. 유튜브에 '저녁 스트레칭'을 검색해 한번씩 해보고 자기에게 맞는 것을 잡아 정착시키면 된다.

자본금이 얼마든, 시장에 뛰어들어 수익을 거두고 있는 사람과 아무것도 하지 않는 사람은 다르다. 일확천금을 못해도 좋고 수익률 1,000% 아니어도 좋다. 2%씩만 꾸준히 먹어도 잃지만 않으면 재밌다.

소소한 근육 투자를 즐기는 투자자가 되자.

파호랑의 한마디

근손실이 무서운가
주식떡락이 무서운가

인스타: @pa.ho.rang

23.

독서

하루라도
책을 읽지 않으니
멍청해지더라

'요즘 왜 이렇게 깊이 생각하지 못할까?', '나 요즘 너무 멍청해진 것 같은데.'

이런 시기마다 삶을 점검해보면 책과 멀어져 있다. 그래서 의식적으로 스스로에게 던지는 질문이다.

"책은 좀 읽었니?"

하루라도 책을 읽지 않으면 멍청해진다. 이 말은 안중근 의사의 말을 내 식으로 바꿔 쓴 것이다.

日不讀書 口中生荊棘 (일일불독서 구중생형극)

하루라도 책을 읽지 않으면 입안에 가시가 돋는다.

입안에 가시가 돋는다는 뜻이 뭘까? 문자적으로 읽는 사람은 없을 것이다. 혓바늘이라고 생각하는 사람도 없을 것이다. 2021년을 살아가는 나의 생각은 이렇다.

1. 책을 읽지 않으면 자극-반응적인 존재가 된다.

현대사회에서 책을 읽지 않으면 디지털 자극에 끌려다닐 수밖에 없다. 우리가 살고 있는 인터넷 환경은 광고 지면을 팔기 위해 공짜로 제공되는 것들로 이루어져 있다. 내가 지불한 돈이 없다면, 이용하고 있는 '나'가 상품인 것이다. 페이스북, 네이버, 구글 등에서 광고를 집행해본 사람이라면 무슨 말인지 금방 이해할 것이다.

사람들은 스마트폰을 들여다보느라 옥외광고나 신문을 보지 않는다. 손바닥 안에서 끝도 없이 나타나는 재밌는 것을 찾아 헤맨다. 상품을 팔려면 손바닥 안으로 들어가야 한다. 유튜브, 인스타그램, 페이스북만 그런 것이 아니다. 당신이 사용하는 앱, 웹 어디를 둘러봐도 광고가 '발라져' 있다. 당신에게 광고를 '노출'시켜주는 대가로 돈을 받는다. 당신이 광고를 '클릭'하게 해주는 댓가로 돈을 받는다. 그렇게 당신은 거래 대상이 된다.

자신도 모르는 사이에.

더 많은 광고를 당신에게 보여줄수록 플랫폼의 수익은 늘어난다. 당신을 잡아놔야 한다. 더 재밌고 자극적인 것들로 잡으려 애쓴다. 깊은 사유와 맑은 정신을 유지하게 하면 안 된다. 그런 사람은 허투루 광고를 소비하지 않는다.

뇌를 산만하게 만들어야 광고를 판다. 책과 멀어지고 얕은 디지털 세상에서 노닐수록, 인간은 사바나 초원에서 자극과 반응을 쫓아 살던 원시인 수준으로 살게 된다. 오직 소비만 남은 존재가 된다.

2. 자극 – 반응적 존재가 될수록 자기 사유를 하지 못한다.

우리 사회에도 이런 사람 비율이 점점 늘어나고 있다. 이 글을 읽고 있는 사람들이라면 아마 다들 한번쯤 경험했을 것 같다. 한참을 대화했는데 자기 생각이라곤 하나도 없는 사람이 있다. 그게 정말 '너의' 생각인지 묻다 보면, 본인 생각은 하나 없고 대부분 유튜버 하는 말을 앵무새처럼 읊고 있음이 드러난다. 이럴 때 나는 섬뜩함을 느낀다.

타인의 생각을 듣고 '동의'하는 것과, 자기 사유의 영역으로 가져와 '소화'하는 것은 다른 차원의 일이다.

3. 자기 사유를 하지 못하고, 타인의 관점을 가지지 못하면 편협해질 수밖에 없다.

여러 유튜버의 얘기를 듣는다고 해결되는 문제가 아니다. 알고리즘은 당신이 '좋아할만한' 유튜버만을 메뉴판에 계속 올려주기 때문이다. 다른 관점은 보이지도 않는다. 존재하지도 않는 것이 된다. 자신의 유튜브 메인화면만이 세상의 전부가 된다.

다른 관점을 제시하면 당신의 기호에 맞지 않게 된다. 흥미를 잃어 플랫폼을 이탈하면 광고를 더 팔 수 없다. 광고의 대상인 당신을 잡아두기 위해서는 편향적으로 만드는 것이 최선의 방책이다.

결과적으로, 플랫폼에 갇힌 당신의 생각은 고인다. 문자 그대로 우물 안 개구리가 된다.

입체적인 관점을 갖기 위해 예전 시대에 권장되던 것은 '다양한 신문'을 읽는 일이었다. 특히 실시간 이슈에 관해서는 책보다 신문이었다.

요즘 누가 다양한 관점을 가진 신문을 펼쳐놓고 읽을까? 시대가 바뀌어 신문은 더이상 다양한 관점을 대변하는 매체도 아니다. 10대는 틱톡, 2~30대는 인스타그램, 3~40대는 페이스북. 이런 식이다. 전 연령이 이용하는 유튜브가 있지만 채널 구독자의 인구통계 편향성은 확연하다.

책은 시간의 검증을 거친 텍스트다. 출판사 관문을 넘으려면

1차적으로 가치를 인정받아야 한다.

과학도서가 아닌 경우라면 결국 문사철 이야기가 된다.

역사부터 생각해보자. 인터넷 이전 시대의 신문은 '거의' 실시간(어제)의 정보를 담고 있다. 책은 최소한 한 타임 지난 이야기(역사)다. 지난 시간의 이야기를 읽는 것은 유익이 있다. 역사를 읽으면 현재에 대한 관점이 달라진다. 마치 증강현실 안경을 쓰는 것처럼 과거와 현재가 겹쳐 보인다. '현재'만 보이는 사람들이 보지 못할 관점을 갖게 된다. 판단이 달라지고 선택이 달라진다. 결국 미래가 달라진다. '역사'를 읽으면서 획득한 타인의 관점 덕을 보는 것이다.

'문학'은 역사보다 초월적인 타인의 관점을 갖게 해준다. 나는 남성인데 문학을 통해 여성의 관점을 가질 수 있게 된다. 나는 한국인인데 문학을 통해 그리스 사람으로 잠시 살 수 있게 된다. 나는 2020년대를 살고 있는데 문학을 통해 1,500년 전 사람의 삶도 느낄 수 있다.

타인의 관점이 많아질수록 다면적, 다층적인 사람이 된다. 내가 '직접' 경험할 수 있는 것은 꼭해야 1인분 인생이지만, 책을 통해 수많은 삶을 '간접' 체험할 수 있다.

'철학'은 말할 것도 없다. 나와 완전히 다른 가치관, 세계관을 가진 사람들의 생각이 논리적으로 정리되어 있다. 문학과 역사에 소프트하게 풀어져 있는 것이 철학책에는 압축본으로 담겨 있다.

　나의 세계가 넓어진다. 동의하지 못하더라도 '이런 생각을 가지고 사는 사람이 있구나.' 하는 것을 알게 된다. 결국 내 존재가 깊어진다.

　'유튜브로도 다 할 수 있는데?' 이렇게 생각할지도 모르겠다. 그러나 영상 매체와 텍스트 매체는 확실히 다르다.

　영상은 너무 많은 정보를 전달하고 있어 상상력이 개입할 여지가 없다. 또한 겉모습 전달은 잘 되지만 '내면' 전달은 약하다.

　필리핀에서 고기를 잡는 어부들의 삶을 다큐멘터리로 봤다. '저렇게 사는구나.'라고 생각하며 관찰자의 시점에서 보게 된다. 중간중간 마음속 얘기가 인터뷰로 나오기도 하지만 어디까지나 'TV속 사람의 이야기를 듣는 것'이었다. 그와 내가 동일시되는 느낌은 받지 못했다.

　영상 속 필리핀 어부가 일기를 썼다고 가정하겠다. 그것을 읽을 때는 순간적으로 내가 그가 된듯한 경험을 하게 된다. 무슨 생각을 하는지, 어떤 고통이 있는지, 마음이 어땠는지 저자의 내면을 따라가는 행위가 독서다.

　읽고 있는 내게 일어나는 일은 '관찰'이라기보다 '경험'인 것이다. 나치즘을 다룬 다큐멘터리를 보는 것은 관찰이지만, 〈안네의 일기〉를 읽는 도중 우리는 1945년 사망한 15세 소녀가 된다.

4. 편협해질 뿐 아니라, 자기 수준에서만 맴돌게 된다.

사람은 다 자기가 똑똑하다고 생각한다. 자기 스스로 멍청하다고 생각하는 사람은 하나도 없다. 지식적으로 부족하다고 인정하는 것과, '내가 멍청하다'는 것을 인지하는 것은 다른 문제다.

나는 내가 멍청하다고 생각한다. 살면서 지금까지 내린 판단들을 보면 그렇다. 현명하고 지혜로운 사람이라면 하지 않았을 선택을 많이 했기 때문이다.

현명하다는 것은 뭘까. 지혜롭다는 것은 뭘까. 지식이 많은 것을 의미하는 것은 아닐 것이다. 위키피디아에 있는 모든 내용을 암기한 사람이 있다고 가정해보자. 그는 지혜로운 사람이라기보다 편집증 환자다.

생각하는 힘, 생각의 근육이 강한 사람이 현명하고 지혜로운 사람이다.

생각을 자가발전으로만 하는 사람은 한계가 명확하다. 논에 물 대는 장면을 생각해 보자. 논에 물대기를 하지 않는다면? 벼가 공급받을 수 있는 물의 총량은 하늘에서 내리는 비가 전부일 것이다. 이 경우 수확이 가능할지나 모르겠다. 운 좋으면 알갱이 한둘 붙어있는 볏짚 몇개 남을 것이다. 대부분은 말라 죽는다.

논에 물을 대줘야 한다. 그래야 농사가 된다. 풍성한 추수를 할 수 있다. 지혜를 수확할 수 있도록 지식의 물을 대는 행위가 바로 독서다. 독서 없이 생각이 깊어질 수 있는 다른 길이 있는지 모르겠다. 정말 타고난 대천재라면 가능할지도 모르겠다만, 일단 내가 그런 천재가 아니라는 것은 확실히 알고 있다.

지금의 인류가 누리는 모든 것들은 앞선 사람들이 쌓은 기반 위에서 작동하고 있다. 거인의 어깨라는 말, 너무 많이 사용되어 아무 감흥을 주지 못하는 것 같다. 그래도 이 표현만 한 게 없다. 거인의 어깨 위에 올라서야만 볼 수 있는 세상이 있다. 책이 바로 거인의 어깨다.

5. 조종당하기 싫어서, 책을 읽는다.

〈책 읽는 뇌〉라는 책이 있다. 인간의 뇌는 본래 책을 읽기 적합한 설계가 아니라고 한다. 앞의 다른 장에서도 말했는데, 뇌는 운동능력을 컨트롤하기 위한 것에 초점이 맞춰져 있다. 사바나에서 살아남는 것에 포커스가 맞춰져 있다.

자극에 반응하여 생존에 유리한 상태를 유지한다. 이것이 인간 뇌의 기본값이다. '읽을 때만' 뇌는 깊어진다.

뇌는 가소성이 있다. 어떤 방향으로 길을 내고 자주 오갈수록 그 길은 넓어진다. 10년 동안 책 읽은 사람의 뇌와 10년 동안 유튜브 클립만 따라다니고 틱톡 스와이프만 한 사람의 뇌는 다르다.

한 줄 요약 세줄 요약에 익숙해질수록 조종당하기 쉬운 사람이 된다.

역사도 문학도 철학도 쓸데없고 가치 없고 복잡한 것이라고 생각하는 사람은 무적이다. 논쟁도 토론도 공통의 기반이 있을 때만 가능하기 때문이다. 지혜가 깊어 자기가 틀릴 수 있다고 생각하는 사람과 대조된다.

그런 사람과 가질 수 있는 공통의 기반은 그 사람의 생각뿐이다. 그나마 자기 생각이 아닌 경우가 허다하다. 다른 사람 생각을 앵무새처럼 읊으면서 자기 생각이라고 하는 경우가 많다.

이것이 조종당하는 것이 아니면 무엇일까?

타인이 조종당하는 삶을 사는 것은 내가 어찌할 수 없다. 다만 나도 저렇게 조종당하지 싶지는 않다. 그러기 위해서는 스스로 사유하는 힘을 기르는 수밖에 없다.

무슨 방법으로?

책이다. 책밖에 없다.

파호랑의 한마디

조종당하고 싶은 사람 없지? 그렇다면...!

인스타: @pa.ho.rang

24.

취미
글쓰기의
힘

취미가 꼭 글쓰기일 필요는 없다만, 내 취미가 글쓰기라서 스스로에게 이렇게 묻는다.

"오늘 글 썼니?"

1. 업적 아니라 만족

잘 살아낸 하루는 무엇인가. 글 쓴 하루. 못 살아낸 하루는 무엇인가. 글을 쓰지 않은 하루. 내 경우엔 이렇다.

취미는 특기가 아니다. 특기라면 업적이 있어야 한다. 작은 퀘스트라도 '성공'한 기록이 있어야 특기가 된다. 취미는 그런 거 없다. 내가 그것을 누릴 때 만족할 수 있다면 충분하다. 취미도 자기계발해서 업적으로 만들려고 하면 순수한 만족감이 파괴된다.

2. 취미의 조건 : 충만감을 주는가

'킬링타임'이라는 표현이 괜히 있는게 아니다. 무료한 인간은 시간을 때울 자극을 찾아 끊임없이 배회한다. 유튜브도 배회하고 넷플릭스도 배회하고 웹툰도 배회하고 새로 나온 게임도 살펴본다.

혹시 스마트폰 세계를 돌아다니는 활동이 당신에게 충만감을 준다면? 얘기가 달라진다. 누워서 빈둥거리는 활동이 당신에게 충만감을 준다면 그것은 좋은 취미다.

내 경우엔 그렇게 살 때 존재가 썩어가는 것을 감지했다는 말 정도만 할 수 있겠다. 충만하지 않고 피폐해졌다. 인생이 풍성해지지 않고 쌜쭉해졌다. 시간을 그렇게 흘려보낼수록 '나는 이렇게 살고 싶지 않은데, 시간을 이렇게 보내고 싶지 않은데' 하는 감각만 올라왔다.

충만감을 주는 무엇을 찾아 취미로 삼으려면 탐색이 필요하다. 막상 취미를 만들려니 돈도 많이 들 것 같고 알아볼 것도 많아 피곤하고 귀찮은 사람이라면 한 가지 추천해보려 한다.

바로 글쓰기다.

3. 글쓰기는 항해일지

글쓰기는 '업적'을 생각하면 절대 진입하지 못할 영역이다. 자격증이 있는 영역이 아닌데도 그렇다. 글쓰기의 유익을 다루는 책은 수만 가지가 있으나 나는 한가지 포커스에만 맞춰서 이야기하겠다.

글쓰기는 정신건강에 좋다. 내면에 차오르는 독을 빼내기에 글쓰기만한게 없다.

대부분의 사람들은 다른 것으로 '덮는다'. 유튜브를 보는 것도 그렇고 드라마를 보는 것도 그렇다. 다른 이야기와 이미지로 덮어씌움을 시도한다. 덮지 말고 쓰자. 써서 빼내자.

사람으로 인해 미칠듯한 스트레스를 받을 때 노트를 펼쳐 한 페이지 가득 욕을 적은 적이 몇 번 있다. 내면에 가득한 씨발스러움을 거르지 않고 종이에 빼냈다. 그렇게라도 하지 않으면 큰 사고 칠 것 같은 위기가 인생에 몇 번 있었다.

그렇게 적은 페이지는 타인에게 보여줄 수 없다. 내가 다시 보는 것도 싫다. 부정적 기운이 가득한, 저주의 마법서 같은 느낌이다.

링컨의 일화였던 것 같다. 그는 적이 화나게 하는 편지(오늘날로 치면 악플)를 보내오면, 반박하는 답장을 썼다가 보내지 않고 서랍에 넣어 뒀다가, 다음날이 되면 꺼내서 벽난로에 넣어 태워버렸다고 한다.

집에 벽난로가 없어 찢어 없애는 걸로 프로세스를 대체했다. 누구도 알아볼 수 없게 갈기갈기 찢어 버리곤 했다. 세절기로 하지 않고 손으로 박박 찢었다. 종이를 찢는 행동에는 일종의 정화 효과가 있는 것 같다. 찢으면서 스트레스가 풀린다.

일단 종이 위로 분출된 압력은, 압력솥이 터지는 대형 사고를 막아준다.

정신 건강을 위해, 하루 한 줄이라도 자신의 내면을 종이 위로 옮겨보는 것을 추천한다. '오늘은 힘들었다.' 이렇게 일곱 글자만으로도 충분하다. 에너지가 조금 있는 날이면 '오늘은 즐거웠다. 왜냐하면~'으로 시작하는 한 단락 정도의 기록을 남길 수도 있을 것이다.

인생을 항해에 비유한다. 풍랑 잔잔한 날은 잘 없고, 거친 바다와 파도가 나를 괴롭힌다. 항해 일지를 쓴다고 생각하고 기록해보자. 분명 정신건강에 도움이 될 것이다.

4. 이순신의 난중일기

이 분야의 최고봉은 이순신 장군이 남긴 난중일기다. 먹을 갈고 붓을 다듬어 써야했던 시절, 전쟁으로 바빠 미쳐 돌아가실 장군이 하루 한 줄이라도 남긴 기록의 시간을 생각한다.

난중일기를 보고 가장 인상깊었던 것은, 한 줄짜리 일기가 많다는 것이었다. 하나 옮겨본다.

1월 4일

동헌에 나가 공무를 봤다.

이게 전부다. 어느 날의 일기는 아주 길지만, 이렇게 짧은 한 줄짜리 일기가 얼마나 많은지 모른다. 인생이 전쟁 같고 지랄 맞을 때, 한 줄 일기라도 쓰는 행위는 우리 마음을 지탱해준다. 이순신 장군도 그렇게 마음을 지켰던 것 같다.

글을 쓰는 행위가 화창하고 행복한 날의 깊은 충만감은 주지 못할지도 모른다.

다만, 잠깐이나마 주어진 시간을 다른 것들로 채웠을 때와 비교해보면 좋겠다. 이순신 장군이 짬날 때마다 술을 마셨다면 어땠을까? SNS를 했다면? 게임을 했다면? 유튜브만 봤다면?

적어도 글쓰기는 인간을 피폐하게 하지는 않는다. 힘든 시기의 글쓰기일수록 인간을 지탱해준다. 빅터 프랭클은 원고를 완성하기 위해 '죽음의 수용소에서' 견딜 수 있었다.

평온할 때 글쓰기가 +20의 버프를 준다면, 삶이 엉망일 때는 -20이 될 것을 -2로 막아주는 게 글쓰기의 힘이다.

글을 써보라고, 당신에게 권유하고 싶었다. 와닿지 않았을 수 있다. 그렇다면 글쓰기가 아니더라도, 당신을 충만하게 하는 즐거운 무엇을 부디 찾아내길 바란다.

그것을 매일 하기를. 그 시간을 빼앗기지 말고 사수할 수 있기를 바란다. 당신을 죽이는 것들로부터 당신을 지켜주고 살려내는 그 무엇을 말이다.

좋아하는 그것을 소중히 즐길 수 있기를.

파호랑의 한마디

취미가 없으면
지금부터 만들면 돼

인스타: @pa.ho.rang

마치며

당신의 하루를 계속 업데이트하라

　나락까지 떨어진 인생을 겨우 정상궤도로 올려놨는데, 제대로 살지 않으면 금방 또 나락으로 미끄러져 내려갔다. 방지턱이 필요했다. 8개의 방지턱을 삶에 장착했다.

　호흡, 수면, 식사, 쾌변, 걷기, 근력, 독서, 글쓰기(취미)

　뭐 하나 특별한 것 없다. 인생에서 특별한 무엇을 알려준다는 사람을 만난다면 사기꾼일 확률이 높다. 수능을 잘 보려면 국영수를 열심히 공부 해야 한다. 학점을 잘 맞으려면 출석 잘하고 과제 제출을 제때 하고 시험 공부를 해야 한다. 무슨 특출 난 요행수가 들어갈 여지가 없다.

　방지턱을 세웠을 뿐이라고 생각했는데 이것들에 집중하다 보니 삶이 풍성하고 충만해졌다. 잉여 에너지가 생기다 못해 활력이 넘쳤다. 또 탕진할 수도 있겠지만 다시 그렇고 싶지는 않다. 그래서 글을 쓰기 시작했다. 그날그날 끄적이고 싶은 글이 아니라 목적성 있는 글 말이다. 그것들이 모인 게 이 시리즈다. 원래 즐겨 쓰던 책 리뷰보다 훨씬 많은 에너지가 필요했다.

정리해서 적긴 했지만 이것들을 매일 모두 하는 날은 거의 없다.

매일 호흡을 위해 요가하고, 숙면을 위해 손에서 폰을 떼고, 건강한 음식만 먹어서 날마다 쾌변하는 것이 아니다. 매일 걷는 것도 아니고, 매일 운동하지도 않으며, 매일 책을 읽고 매일 글을 쓰는 것은 더더욱 아니다.

다만 점검의 질문을 늘 마음에 품은 상태로 살기에, 멀리 간다 싶을 때 얼른 돌아올 수 있게 되었다. 나아가 삶을 선순환의 궤도, 상승의 흐름으로 끌어올리며 살게 되었다.

삶이 심하게 흔들려본 사람일수록 공감할 수 있을 것 같다. 휘청거리다 보면 어느 순간 '어떻게 살아야 하는지' 감을 완전히 잃게 된다. 그런 분들에게는 내가 겪은 것들이 작은 도움이라도 될 것 같다.

내가 빠져있던 지옥과 같은 종류의 지옥에 잠겨 허우적대는 사람에게, 얇은 구명줄이라도 내려주고 싶었다.

소프트웨어를 쓰다 보면 버전에 '빌드 4.03' 같은 형식으로 적혀있는 것을 보게 된다. 큰 업데이트는 4번 정도 있었고, 그 안에서 마이너한 업데이트가 3번 정도 있었나 보다. 같은 소프트웨어인데 같은 소프트웨어가 아니다.

카카오톡 출시 초기의 이미지를 찾아보라. 지금 쓰고 있는 것과 같다고 할 수 없다. 시대와 상황의 변화에 맞게 계속 업데이트를 한다. 최적화를 시키기도 하고, 기능 추가를 하는 경우도 있다. 추가가 있으니 당연히 삭제도 가능하다.

삶도 그렇게 빌드해보면 어떨까?

내 이야기에서 쓸만한 부분이 있었다면 참고 삼아 자신의 버전으로 적용해 하루를 어떻게 살아낼지 빌드해 보자. 당장 큰 업데이트를 할 필요는 없다. 작은 업데이트만으로 충분하다.

소소한 변화가 쌓여 당신 삶의 질이 높아졌으면 좋겠다. 굳이 최악의 나로 살 필요는 없으니까, 가능한 최선의 나로 살아보자.

빌드라는 개념이 와닿지 않는다면 '설계'도 괜찮다. 인생 전체를 설계할 능력이 부족한 사람도, 하루를 설계할 능력은 있다. 종이 한 장 꺼내 일과를 적어보자. 무엇을 할지 생각하고 적어보자.

설계도를 짜는 시간은 머리가 가장 맑을 때, 아침 10분이면 충분하다. 아침에 도저히 불가능하다면 저녁에 씻고 누워 10분이면 충분하다.

이 경우, 내일을 설계하게 될 것이다. 막상 해보면 5분도 안 걸린다. 이미 답을 알면서 안 하고 있는 것들이 많기 때문이다. 설계도를 쓰여 종이에 옮겨지는 순간 추상적 사고가 물리적 실체로 나타난다. 그것과 마주치며 변화의 힘이 생긴다. 시각화의 힘이다. 뇌 속에서 생각만 하다 사라지지 않게 하려면, 종이 위에 써 보자.

나이가 들수록 삶이 맛없어지는 걸 당연하게 받아들이지 않았으면 좋겠다. 내 인생 특이점 첫번째는 8개월간의 폐인 생활이었다. 당시 나는 젊었지만 80대 노인보다 활력 없게, 인생 맛없게 하루하루를 보냈다.

두번째 특이점은 매일매일 삶을 빌드하며 살던 어느 날 갑자기 찾아왔다. 인생이 다시 맛있어졌다. 밥맛은 신체적 나이의 적고 많음에 달려있는게 아니었다. '어떻게' 살아가고 있는지가 중요했다.

확실한 것은 지금 살고 있는대로 계속 살아간다면, 아무것도 변하지 않을 것이라는 점이다. 어제와 똑같이 살아가면서 다른 내일이 펼쳐질 것이라 믿는다면, 당신은 정신병자다. 아인슈타인의 말이다.

망상은 그만하고 몸을 움직이고 삶을 바꿔야 한다. 그럴 수 있는 힘, 모든 인간에게 충분히 주어져 있다.

자기 자신이 스스로에게 끊임없이 하는 말이 무엇보다도 중요하다.

인생 망했다고, 끝났다고 생각하는 사람은 신도 구원할 수 없다. 당연히 가족, 친구, 연인, 배우자 그 누구도 구원할 수 없다.

오롯이 당신의 몫이다.

이야기를 마친다.

에필로그

책으로 펴내면서

첫째, 이 책은 의학 전문가 영역을 침범하고 싶은 의도가 전혀 없음을 밝힌다.

둘째, '노오오오오오오력으로 극복할 수 있어!!!'라는 의도로 적지 않았다.

그런 식의 우울증 극복 수기에는 자기도취가 있게 마련이고 이것이 힘든 사람들에게 죄책감과 수치심, 자기혐오로 이어질 수 있다는 글을 읽은 기억이 있다.

맞는 말이라고 생각했고 처음부터 끝까지 조심했으나 혹시라도 그렇게 느껴지는 부분이 있다면 저자의 부족함으로 받아들여 주시길 바란다.

셋째, 약과 상담에 관하여.

나는 병원에 가지 않았다. 그렇다고 다른 사람에게도 병원에 가지 말고 상담 받지 말고 약을 먹지 말라고 할 마음은 없다. 오히려 그 반대다.

내 경우에는, 병원에 가려고 몇 번이나 생각했는데, 가서 처음 보는 사람에게 내가 왜 이렇게 됐는지 마음에 응어리진 것들을 말해야 하는 수고를 할 에너지가 없었다.

약을 타오려 해도 병원에 가야하는데 그런 외출 자체가 피로했다. 결과적으로 보면, 미련한 결정이었을 것이다.

다른 사람이 쓴 우울증 책을 보니, 상담은 자신과 맞는 선생님을 찾는 지난한 과정이 포함되는 것이라고 했다. 그걸 하기 싫었다. 그렇지만 약은 처방 받아 먹었으면 좋았을 거라고 본다. 정상적인 호르몬 분비 체계가 완전히 망가진 상태였으니까, 도움을 받을 수 있었을 것이다.

이것은 사후약방문일 뿐, 내게 이미 그 시절은 지났다. 다만, 현재 지식을 가지고 다시 그때로 돌아간다면 병원에 가서 약을 받아 먹을 것이다.

마지막으로 꼭 하고 싶은 이야기가 있다. 아래는 인용구다. 〈기억, 꿈, 사상〉에서 카를 구스타프 융이 어린 시절에 꾸었던 꿈에 대해 적어놓은 내용이다.

"어느 알 수 없는 장소에서의 밤이었다.

나는 강한 맞바람을 안고 힘겹게

느릿느릿 앞으로 나가고 있었다.

사방에는 짙은 안개가 흩날리고 있었다.

나는 언제 꺼질지 모를 작은 불꽃을 손으로 동그랗게 감쌌다.

모든 것이 이 작은 불꽃을 살릴 수 있느냐에 달려 있었다."

이 불꽃은 우리 각자의 내면에 타오르고 있는 불꽃,

우리가 세상에 가지고 나온 불꽃이다.

글을 통해 당신은 세상 속에서 불꽃을 나르는 사람이 된다.

〈글쓰는 사람을 위한 일 년〉, 수전 티배르기앵, 책세상

번아웃이 오고 우울한 와중에도 먹고사니즘의 압박이 그 시절 내내 꽉 들어차 있었다.

그래서 글을 써서 먹고 살고 싶다는 마음으로 책을 몇 권 샀는데, 그중 한 권의 서문에 이렇게 적혀 있었다. 당시의 내 존재를 글로 옮겨놓은 것만 같았다.

언제 꺼질지 모르는 작은 불꽃, 불의 씨앗. 생명의 숨. 꺼질 것만 같은 촛불 하나.

이 이미지를 가슴 깊이 새겼다. 모든 것이 심해로 가라앉았지만, 작은 불씨 하나는 내 안에 남아 있었다. 생명의 불씨였다. 이 불씨를 지켰고, 지켜낼 수 있도록 도움 받았기에 지금 내가 살아있다.

바라기는 내가 전달받은 불을 이어가게 되는, 그런 책이 되었
으면 좋겠다.

　(댓)글로 사람을 죽이는 게 너무 쉬워진 이 시대에
　부디 이 책이 작은 불씨 하나라도 되어주길 바라는 마음을 담아
　종이라는 몸을 입혀 세상 밖으로 보낸다.